藍染袴お匙帖

雁渡し

藤原緋沙子

双葉文庫

目次

雁渡し　藍染袴お匙帖

第一話　別れ鳥

一

「これは……いったい、何があったのですか」

桂千鶴《かつらちづる》は、牢格子の前で筵《むしろ》の上に寝かされている遺体を見て、浦島亀之助《うらしまかめのすけ》を振り返った。

遺体は若い町人で、目を剝き、両手を空に上げ、五本の指を何か石ころでもつかみ取ろうとしたかのように引きつらせ、苦悶の様相を呈している。

「差し入れの寿司を食べた後すぐに痙攣《けいれん》を起こしまして、町役人たちがおたおたしている間に亡くなったようです」

亀之助は神妙な顔をして言うと、遺体の側にしゃがみ込んだ。

千鶴もすぐに筵の上に膝をつくと、遺体の口元の臭いを嗅ぎ、目の色を確かめて、硬直し始めた腕を腹の上におろし、瞼《まぶた》を閉じさせてから、亀之助に向いた。

「毒を盛られましたね」

「毒ですか……」

亀之助は悔しそうに膝を打った。

亀之助は南町奉行所の定中役《じょうなかやく》、確たるお役目があるわけではなく、他の部署が手が足りない時に臨時に補佐する同心で、役所内では通常当てにされていない人物である。

その亀之助が、久し振りにお手柄をたてた。ところが捕まえたその男が、突然大番屋の牢内で死んだのである。

しかも毒殺されたとあっては、その管理監督の責任が問われる。

亀之助は、途方にくれた顔で大きな溜め息をついた。

「浦島様、しょげてる場合じゃございませんでしょ」

「はい」

「初めから順を追ってお話し下さい」

千鶴は、目の前の情けない顔をした亀之助を、静かだが、きりりとした声で叱《しっ》咤《た》した。

千鶴は外科も本道《ほんどう》も習得している町医者である。

亡くなった父は桂東湖《とうこ》といい、医学館の教授も務めていた立派な医者で、父の死後はその跡を継ぎ、藍染川《あいぞめがわ》沿いに父が残してくれた屋敷で開業している。

しかも千鶴は長崎に留学してシーボルトに教えを乞い、江戸に戻ってからは、小伝馬町《こでんまちょう》の牢屋の女囚たちの診療も請け負っていて、今日のように事件で亡くなった者たちの検死もするという有能な医者であった。

そんじょそこいらのただの町医者ではない。

千鶴にしたところで、ただ毒殺ですねと、それだけで済ませるわけにはいかないのである。

特に常々千鶴を頼りにしている亀之助の立場を思うと、自身が発奮するほか事件の解決はなさそうに思えてくる。だから亀之助には、少々厳しい口調になる。

「実はですね。この者は千吉《せんきち》という錺《かざり》職人ですが、仲間と押し込みを働いた片割れでして」

「昨夜ですね、浦島様が捕まえたのは……猫八《ねこはち》さんはそのように言ってましたが……」

猫八とは、亀之助が手札を渡している岡っ引のことで、名を猫目の甚八《じんぱち》というのだが、旦那の亀之助にかわって猫の目のようにくるくるとよく働くところから、猫八と呼ばれている。

その猫八が、千鶴に耳打ちしたのは、この本材木町の三四《さんし》の番屋と呼ばれている大番屋に入ってすぐだった。

「猫八の言った通りです。昨夜四ツを回った頃だったでしょうか。北槇町《きたまきちょう》の油問屋『桑名屋』から賊が出てきたところを捕まえました。仲間はこの千吉を入れて三人でした。後の二人には逃げられまして、この千吉だけを槇町の番屋に入れておいたのですが、今朝になってこの大番屋に移したところでした」

「この者が千吉というのは間違いありませんね」

「はい。それは昨夜のうちに、千吉が住んでいた長屋の大家に首実検をさせております。間違いございません。ところが千吉は、自分のことについてはしゃべるのですが、仲間の名をどうしても言わない。それを言えば押上村《おしあげむら》にいる父親や姉が仲間に殺されるなどと言いまして……それでこの番屋に移されて来たのですが、七ツ過ぎだったでしょうか、二十四、五の女がやって来ました。名をおみつと名乗り、千吉の姉だと言いまして……その女が寿司折を持って来たんです」

「そのお寿司を食べて、痙攣を起こして亡くなったと……」

「そうです」

「その女の人は、確かに千吉の姉さんだったのですか」

「先程猫八を押上村にやりましたので、今夜にも姉を連れて来ることになるのでしょうが、おそらく、ここに寿司を持ってきたのは偽者だったのじゃないかと思われます。後から考えてみれば、千吉が捕まったことは押上村にはまだ知らせていなかった筈ですし、この大番屋で取り調べが始まる前に、早々に差し入れを持って来たというのも、随分と手回しのよい話ですからね」

「しかし、千吉さんは顔をみればわかったでしょうに……」

「それが、千吉には会わせてないのです」

「……」

「仲間を頑《がん》として教えないものですから、みせしめのために会わせなかったのです。もっとも、その姉という女も、せめてこの寿司を渡してくれればいい、なにもかも白状して欲しいなどと、もっともらしいことを言いましてね、すぐに帰って行きました。でもそれだって今考えるとおかしな話です。不覚でした」

「姉さんの名がおみつというのは、間違いないのですか」

「それは間違いありません。大家の人別帳にも、実家は押上村で、おみつという姉がいることまで書いてありましたから」

「すると、毒入り寿司を差し入れした者は、千吉さんのそういった身内のことまで、よく知っていたということですね」

「おそらく……多分押し込みの仲間でしょうな。いざという時のために、千吉のことを調べ上げた上で仲間に引きずり込んだものと思われます」

「それで……押し込みにあった桑名屋さんの被害ですが」

「二百五十両ばかり、店の金箱からとられたということです」

「その時、賊の顔を見た者はいなかったのでしょうか」

「頬かむりをしていましたからね。ただ、三人のうちの一人の腕に、蝶の彫り物があったというのですが」

「蝶の彫り物……」

「そうです。その彫り物をしていた男が頭目で、恐ろしい眼をしていて、手慣れた感じがしたと言っていました。しかし、この千吉ともう一人の男は押し込みは初めてだったようでして、匕首《あいくち》を持つ手が震えていたというのです。それで、店の者は大声を出したんです。三人はその声にびっくりして、金箱の金だけを袂《たもと》に入れ、慌てて逃げ出したのだと……で、店の外に出て来たところに、私と猫八が偶然行き合わせた、そういうことです」

「……」

「千鶴先生、ご協力をお願いしますよ、先生が頼りですから」

亀之助は縋《すが》るような声を出した。

「お役にたてるかどうか、いずれにしても食べた物を調べた上でのことですが……食べ残しのお寿司があれば、これへお持ち下さい」

「承知しました」

亀之助は大きく頷き、町役人に食べ残しの寿司を持って来るように言いつけた。

千鶴は、その折り箱を紙に包むと、夕闇の迫る三四の大番屋を出た。

心地好い風が襟元から忍び入る。

毒殺された無念の遺体の顔を見た後だけに、涼風は千鶴の気持ちを癒《いや》してくれるようだった。

日中は眩《まぶ》しい陽射しがまだ残っているものの、夕刻にはひんやりとした風が吹くようになった。

すぐそこまで来ている秋の気配を感じながら、千鶴は江戸橋を渡ると西の堀留沿を北に向かい、道浄橋を渡って大伝馬町の大通りに出た。

すると、大通りの軒行灯《のきあんどん》の明るい中を、踊り歩いて来る一行に会った。

横笛と鉦《かね》の音に合わせて二十人ばかりの娘たちが、揃いの浴衣《ゆかた》を着て花笠を被って無心に踊っているのだが、その浴衣にも笠にも『神光丹《じんこうたん》』という薬の名が見えた。

一行には数日前にも会ったことがあった。街々を踊って練り歩き、御府内に薬の宣伝をしているようだった。

はあー　神代のむかし　近江の琵琶湖に降る神の　降る神の
不老の光を授かった　神光丹はここにあり
気付け　気の鬱《うつ》　頭痛　血の道
霍乱《かくらん》に食あたり　吐き気　胆石　二日酔い
下り腹に鳥虫獣の毒にも効くよ
万年屋の神光丹
万年屋の神光丹

立ち止まって聞いてみると、宣伝の文言《もんごん》をうまく歌の中に取り入れている。

しかもその歌に合わせて踊る女たちは、いずれも美しい。

軒行灯の光を受けて、うっすらと顔や額に銀色の汗が見えるのも、濃い化粧で繕《つくろ》った目鼻立ちの艶やかさも、一層踊り子たちを美しく見せている。一行はどこからか不意に湧いてきたような一団だった。

宣伝のためであれ何であれ、こんな風に衆目を集めながら、無心に踊ることができる娘たちの若々しさを、ふと羨《うらや》ましく思う千鶴であった。

母と幼い頃に死に別れた千鶴は、母との思い出が、そうたくさんあるわけではない。

だが、少ない記憶の中に、ひとつだけ、晴れやかな記憶があった。

それは、千鶴が六歳前後ではなかったかと思えるのだが、新しい浴衣に赤い帯を締めて、母と手を繋いでどこかの祭りに行ったことがあった。

神社の境内《けいだい》だったと思うが、眩しいほどの光の中で、踊りに興じている人たちがいて、千鶴もほんの少しの間、その仲間に加わったことがある。

母に背を押されるようにして、思わず仲間に加わったものの、輪の中に入った途端、自分がたくさんの人の視線を浴びていることに気づいて、恥ずかしさに熱くなったが、それでも身振り手振りで踊ったことがある。

その時にみせた母の嬉しそうな顔、愛《いと》しそうな目の色で、千鶴を見詰めてくれていた母の姿を忘れたことはない。

母が亡くなったのは、その後だった。

あの時の晴れがましい光景は、母との最後の記憶となっている。

以後の千鶴の暮らしといえば、跡取り息子のいなかった父親の期待を一身に受けて、ひたすら勉学にいそしむ日々だった。

町の娘たちが、踊りだ三味線だとお稽古に通うなかで、千鶴だけは医者への道を余儀なくされていたのである。

それが不満というのではない。だからこそ、幼い頃のあのひとときは、何ものにも替え難い思い出として、千鶴の胸の中にあるのであった。

走馬灯《そうまとう》のように思い出された記憶をなぞりながら、千鶴は一行の踊りに引き込まれていった。

踊り子たちの最後尾には『万年屋、本町に開業』という幟《のぼり》を持った男が一人、そしてもう一人、店の案内の刷り物を配っている娘が一人、この二人は、どうやら万年屋の店の者のようだった。

御府内でのこのような宣伝は、近頃時々見かける風景である。

吉原《よしわら》に出向いて茶屋で派手に金を使い、遊女たちに店の宣伝をさせる大店《おおだな》の主《あるじ》もいるらしいが、素人《しろうと》娘をつかった踊り子たちのこのような宣伝は、往来の人たちにもすがすがしく映るらしく、黒山の人だかりとなっている。

揃いの浴衣に染め抜いた神光丹という薬の名は、否が応でも人々の頭に刻みつけられるに違いなかった。

千鶴も、先程までの毒殺騒ぎから解放されて、一行が目の前を過ぎるまで見送ったが、

――一刻も早く家に帰って、寿司の中の毒を確かめなければ……。

我に返って気持ちを引き締め踏み出したその時、踊り子たちの間から悲鳴が聞こえた。

振り返ると、酔っ払った武士が二人、踊り子たちを追っかけ回していた。

「あっ」

武士に捕まりそうになった刷り物を配っていた娘が、蹴躓《けつまず》いて転倒した。

刷り物が一面に散らばった。

「お朝《あさ》さん」

幟を持っていた男が、転倒した娘を庇《かば》おうとして立ちはだかった。だが、

「退け！」

武士の一人が、娘を庇おうとした男を殴りつけた。

踊り子たちの悲鳴が上がる。

「待ちなさい」

千鶴が走り寄ろうとしたその時、

「ぎゃ」

武士二人が、続けざまにふっ飛んだ。

「恥を知りなされ！」

一喝して武士二人を見据えているのは、菊池《きくち》求馬《きゅうま》だった。

求馬は旗本のお武家である。無役で二百石、暮らしを助けるために内職に薬屋の丸薬をつくっていると聞いている。

それに、千鶴が父とも仰いでいる父の友人酔楽《すいらく》とも親交があり、それがきっかけで、近頃では何かにつけて千鶴の良き協力者となっている。

「求馬様……」

千鶴が駆け寄った時、武家二人は求馬の気迫に恐れをなして、這《は》うようにして逃げて行った。

「しっかり、お朝さん」

踊り子たちは口々に叫ぶと、顔を歪《ゆが》めて足をさすっている転倒した娘を取り囲んだ。

「どうしました……」

千鶴は駆け寄ると、転倒した娘の足首を診《み》た。

「すぐに町駕籠《まちかご》を呼んできて下さい。わたくしの治療院まで運びましょう。手当てを致します」

覗き込んだ幟持ちの男に言った。

藍染橋袂の千鶴の治療院で、娘の足の手当てが行われたのはまもなくのことだった。

燭台の灯に照らされた娘の足に、弟子のお道《みち》が手際良く白い包帯を巻き終わると、

「ありがとうございました。たいへんお手数をおかけ致しまして、申し訳ございい

ません」

遅れて駆けつけて来た幟を持っていた男が、ほっとした顔で千鶴と側で見守っていた求馬に頭を下げた。

男の名は彦八《ひこはち》といい、近江《おうみ》にある万年屋の本店の手代だった。

怪我をした娘の名はお朝といい、同じく万年屋本店の者だと言う。

二人は、笛吹きや鉦つきを引き連れて、本店から事触れ名披露目のために江戸にやってきたのだという。

踊り子たちは全て御府内の口入れ屋で集めた娘たちだということだった。

「筋も切れてはおりませんし、骨も折れてはおりません。突き飛ばされた拍子にくじいたようですね。数日安静にしておれば、痛みもとれて歩けるようになりますよ」

千鶴は、不安そうに足に巻いた包帯を擦《さす》っているお朝に言った。

「わたしたちは近江の本店から遣わされた者です。十日も先には近江に帰らなくてはなりません。それに、このお朝さんは、幼い頃に別れたおっかさんに会うために、旦那様にお願いして、特別に江戸行きのお許しを頂いて参った者です」

「おっかさんを……」

千鶴の胸が、ちくりと痛む。

「はい。それでですね、数日安静とおっしゃいましたが、外出や帰郷にさしさわりはございませんか」

彦八は、まるで兄のように心配して聞いてくる。

「そうですね、しばらくは少し痛みも残るでしょうが……おっかさんのお住まいはわかっているのですか」

千鶴は、お朝が行方《ゆくえ》のわからない母親を、この十日の間に、痛めた足で探し回るのは無理だと思った。

だがすかさず彦八が言った。

「人の噂では、『加賀屋』という呉服屋さんのおかみさんにおさまっているとのこと、そこまでわかっているのですが、この広いお江戸でそれだけの手がかりでは……そうですな、お朝さん」

彦八は尚、お朝に念を押す。

お朝は、こくりと頷いた。

「先生、加賀屋さんといえば、呉服町にも大伝馬町にもありますが、どちらの加賀屋さんでしょうね」

塗り薬を片づけていたお道が側から聞いて来た。

お道は日本橋にある呉服商『伊勢屋』の娘である。医者になりたくて親を説得して千鶴の弟子になっている。だから呉服屋と聞いて格別の興味を持ったようである。

「おっかさんのお名前は」

千鶴がお朝に尋ねると、

「おきたといいます」

とお朝は言った。

「あら、加賀屋のおきたさんなら、呉服町のおかみさんですよ。何度か往診したことがあります」

千鶴はほほ笑んでみせた。

だがお朝の顔は、一瞬喜びをみせたものの、次第に頬は硬直していくように見えた。

母親に会いたいという思慕の他に、複雑な感情が動いているのを千鶴はお朝のその表情に読み取っていた。

千鶴が知っている加賀屋のおきたは、後妻に入った人だった。

おきたの亭主加賀屋儀兵衛が、元気で采配をふるっていた頃は、おきたもおかみさんとして店でも堂々と振る舞っていたが、先年儀兵衛が亡くなると、おきたの立場は一変したようだった。

店を先妻の息子夫婦に任せたのはいいが、往時のおきたのおかみ然とした姿は店からも母屋からも消え、おきたは今はご隠居さんで離れの部屋で暮らしている。

しかしそれは、店の商《あきな》いから手を引いた功労者として、誰もが敬うご隠居さんとしてではなく、息子夫婦や店の者たちにひたすら気がねをし、小さくなって暮らしている。住む部屋ばかりかその立場まで、片隅に追いやられてしまっていた。

おきたは今年の初めに一度、風邪をこじらせたというので、千鶴はお道と往診しているが、その時、おきたのまわりにある空気が様変わりして、冷え冷えとしているのに千鶴は気がついていた。

おきたは、もはや加賀屋では厄介者として扱われているのであった。

母の消息を知り、遠い近江の国からやって来て、期待と不安を募らせている目の前のお朝に向かって、そんな気の毒な事情を話してやることなど出来る筈がない。

——とはいえ、会えば全てを察するに違いない。

そう思うと、千鶴はもはや放ってはおけず、

「よろしければ、このお道さんに加賀屋さんまで案内させますよ」

つい口添えをした。

「ええ……でも」

お朝は言葉を濁すが、

「お朝さん、そうしてもらいなさい。突然訪ねて行っては、おっかさんもびっくりする。こちらのお道さんが一緒なら心強い。そうしなさい」

すかさず彦八が言った。

その時である。

「千鶴先生、駕籠が表に参っております」

女中のお竹《たけ》が廊下に跪《ひざまず》いた。

お竹は、千鶴が生まれた頃からこの家にいる女中である。何事も心得ていて、お朝を定宿まで送る駕籠を早々に呼んでいたのだ。

「先生、ありがとうございました」

お朝は丁寧に頭を下げると、お道とお竹に両脇から支えられて玄関に向かった。

「先生」

彦八はお朝の姿が診療室から消えるのを待って、千鶴に向いた。

「先生、是非、お道さんに一緒に行って頂ければと存じます。私はお朝さんを一人でやるのは心配で……実は私は、お朝さんとは、ゆくゆくは一緒になろうと約束した仲でございまして」

「まあ」

千鶴はほほ笑んで彦八を見た。

ずいぶんと熱心にお朝を労《いたわ》っていると思ったら、そういう事情だったのかと思ったのである。

「いえ、もちろん、私が番頭になったら、その時にということですが」

「それはおめでとうございます。でもそういうことなら、彦八さんがお朝さんと一緒に加賀屋さんに行かれる方がよろしいのではありませんか」

「それが、おっかさんに会いに行く時には、私一人で行きますと、お朝さんには釘をさされておりますので」

「なぜかしら……何か彦八さんに知られたくない事情でもあるのですか」

「わかりません。わからないからこそ私は一人で訪ねるのを、なんとなく心配しているのです。何が心配なのか、うまく言えません。でも、なんとなくお朝さんを見ていて心配なのです。おっかさんに会ったことで、かえって母と娘が哀しい思いをするのじゃないかと……」

「彦八さん」

「ですからどうぞ、先生、どうぞよろしくお願いします」

彦八は頭を下げると、慌てて廊下に出て玄関に向かった。

見守っていた求馬が立ち上がった。

「千鶴殿も人がいい」

「求馬様だって……そうとうお人がよろしいのではございませんか」

千鶴はくすくす笑った。

「そうかな」

「はい。その、人のいいついでと言ってはなんですが、求馬様にお願いしたいことがあります」

千鶴は真っすぐな眼で求馬を見た。

二

「いやはや、失態もいいところです。猫八の話では、千吉の姉のおみつですが、大番屋に寿司を持って現れて姉だと名乗った女とは似ても似つかぬ人だったということでした」

亀之助は渋面をつくって、千鶴を、そして求馬を見た。

「そうだな、猫八」

そして、側にくっついている猫八に念を押した。

「へい。千吉の実家はいわゆる小百姓で、けっして暮らしは楽ではないようでした。気候の暖かいうちは野菜や花をつくって仲買人に売り渡し、冬場は草鞋《わらじ》を編んで売る、そういう暮らしのようでした。そんなこともあって、千吉は物心つくと錺職の道を選んだようです。母親は何年か前に亡くなっていて、今は父親とおみつの二人暮らしだと言っていましたが、千吉が押し込みの仲間だなどと信じられないと驚いておりやした」

「それともう一つ、気になることを聞きました。押し込みに入られる前日に、被害にあった桑名屋に前触れの投げ文があったというのです」

「何、投げ文が……」

求馬の目がきらりと光った。

「浦島殿、それには何と書いてあったのだ」

「いや、その話は定町廻りから聞きました。私は見てはおりません。ですが、聞いたところでは、女文字で、近々押し込みがあるようだから気をつけるように、と書いてあったようです」

「ふむ、妙な話だ」

「まさか、押し込みをする者たちがわざわざ予告してきたとも思えませんし」

「そんな馬鹿な、それはないだろう」

求馬がすぐに否定した。

「求馬様、押し込みの一件、一味の他に知っていた者がいた……そういうことではないでしょうか」

千鶴が求馬に相槌《あいづち》を打った。

すると亀之助が、負けじと二人の話に口を挟んだ。

「千鶴先生、するとその者は、押し込みの三人組は、誰と誰だということを知っている者ですね」

「それはこれからでしょうが、千吉さんの周囲を丹念に調べれば出てくるかもしれません」

「先生……」

千鶴の言葉に、俄《にわか》に亀之助の顔が紅潮してきた。亀之助は、今度こそ失態転じて福と成す覚悟らしく、

「そこでですが、千鶴先生、あの寿司の毒の特定は出来ましたか」

同心然として聞いてきた。

「断定は出来ませんが、やはり烏頭《うず》ではないかと思われます。それらしい小さな断片が出てきました」

「では、薬店を当たれば、毒を購入していった者が割り出せるかもしれませんね」

「いいえ、それは無理でしょうね」

「……」

「猛毒になる薬草は、簡単には手に入りません。お店も売らないと思います。第一お医者でさえ、烏頭そのものを買い求めることはあまりありません。烏頭を精製したものを附子《ぶし》といいますが、そちらを求めますからね、しかもきちんと名前

を記入しなければ譲ってはもらえません」

「すると、あの寿司に入っていた毒は、誰がどうやって、手に入れたのでしょうか」

「薬草の効能を聞きかじったものが自身で採集してきたものかもしれません。お寿司に混入していたものは、粉にしきれなくて断片として残っていたのですからね。例えば薬店や医者が使っている薬研《やげん》で念入りに粉にすれば、あのような断片が残るわけがありません」

千鶴の言葉に、亀之助はまたがっくりと肩を落とした。

「浦島殿、力を落とすことはないぞ。俺も千吉の周辺を調べてみよう。おぬしは、桑名屋をもう少し当たってみることだ。何か新しい手がかりがあるかもしれぬぞ」

「菊池殿、かたじけない。恩にきます。そうと決まったら、おい猫八、行くぞ」

亀之助は、再び元気を取り戻して、そそくさと帰って行った。

「すみません、求馬様。どうやらまた、お力をお借りすることになりそうですね」

「なに、退屈しのぎにはちょうどいい。さてと、そうと決まったら」

求馬は笑みを浮かべると、刀をつかんで立ち上がった。

「旦那、千吉が近頃たびたびお参りしていたのは、このお稲荷《いなり》さんでございますよ」

大工の伝蔵《でんぞう》は、道案内の足を止めると、鳥居の下から境内を顎で差した。

「うむ……」

求馬は、境内の中を見渡した。

百坪は優にあろうかと思える境内には、樹木が茂り、稲荷の社《やしろ》はそれらの木々の陰の中にあった。見渡したかぎりどこにでもある稲荷社の風情《ふぜい》だが、境内に十数羽の鳩が群れているのが印象的だった。

伝蔵は、千吉が住んでいた平松町の裏店の住人である。

求馬が千吉の周辺を聞くために裏店を訪ねた時、隣家の戸が開いて、大工道具を担いで出てきたのが伝蔵だった。

そこでその伝蔵に千吉の暮らしぶりを聞いたところ、千吉は近頃酒は飲む、博《ばく》打《ち》はするで、大家からも真面目に働くように小言を言われていたらしい。

また、目の鋭い、一見して博打打ちとわかる人相のよくない男が千吉の家を訪ねて来たのを見たこともあったらしいが、それも一回こっきりだったということだった。

千吉の長屋での暮らしぶりからは、押し込みに繋がるような話は何も聞き出せなかったのである。

ただ、伝蔵は、千吉が仕事もせずに家に籠りっきりだったことが気になって注意を払って見ていたところ、殊勝にもたびたび稲荷に参るのを知って驚いたというのである。

そこで求馬は、伝蔵にその稲荷を案内して貰ったのだが、いま求馬が立っているのは鹿児島稲荷という稲荷だった。

この稲荷は、日本橋通り南一丁目から西に入った稲荷新道にあり、千吉の長屋からもそう遠くはない距離にある。

「ふむ……」

求馬は境内を見渡して考えた。

何もこんなところまでやって来なくても、千吉の住む町内にも稲荷はあった。聖天《しょうてん》稲荷がそれだが、そこに参らずに千吉はなぜ、この鹿児島稲荷までわざわざ足を運んで来ていたのか、求馬はここに来る道すがらずっと考えていた。

実際ここに立ってみて、なおさら求馬は疑問に思った。

鹿児島稲荷は、何かの御利益があるなどと評判のある稲荷ではなく、どこにでもある稲荷だったからである。

――ひょっとして、この稲荷が、押し込みの一件と関わりがあったのかもしれぬな。

求馬が腕を組んで、一帯を見るとはなしに見渡して考えにふけっていると、

「旦那、もうよござんすか」

伝蔵の声がした。

「あっしはこれからちょいと一軒、仕事にいかなくてはなりやせんので」

大工道具を肩の上でひとゆすりして言った。

「ああ、手間を取らせてすまなかった」

「とんでもねえです。千吉は押し込みを働いた男とはいえ、同じ長屋に住む仲間でした。もともと悪い人間じゃあなかったんですよ、千吉は。旦那、毒を盛った奴等をとっちめてやって下さいまし」

伝蔵は頭を下げると踵《きびす》を返した。

だがすぐに、思い出したように引き返して来た。

「旦那。いつもなら、ここの鳩に餌をやりにくるおかみさんがいるんですがね。おかみさんといったって、もう結構な歳なんですが、その人に聞けば千吉がこの稲荷でどんな様子だったのか、よくわかると思いますよ」

「そうか……で、そのおかみさんというのは、どこの人なのだ。この付近の人かな」

「ここを通るたんびに見かけましたから、この近所の人だと思うのですが」

「どこの誰かはわからぬか」

「へい。ただ、おかみさんと申しやしたが、六十は過ぎてまさ。もしかしたら、ご隠居さんかもしれやせん」

「そうか……ご隠居さんが鳩に餌をやりにな」

「それから、千吉が稲荷なんぞに手をあわせたくなったわけですがね、ひょっとして、女に袖にされたからじゃねえかと……」

「ほう、千吉に女がいたのか」

「いい仲の女が出来た、金をためて所帯を持つんだなんて、言っていたこともあったんですよ。それがいつの間にか沙汰《さた》消えになって、今考えたら、女の話を聞かなくなってから仕事もしなくなり、酒や博打に走ったような感じもするんです」

「どこの誰だね、その女は」

「佐内町の飲み屋の女だと聞いてます。名は……すみません、忘れちまいました」

「店の名はわかるな」

「へい、『樽屋』という居酒屋です。女の話を聞いたのはもう半年も前のことですから、まだ樽屋にいるかどうかわかりやせんが、その女に聞けば、ひょっとして、千吉がどんな野郎とつきあっていたのかわかるかもしれません。じゃ、あっしはこれで……」

伝蔵はそう言うと急ぎ足で去って行った。

求馬は、伝蔵の背を見送ると、稲荷の境内に一人で入って行った。

ひとっこ一人いない境内に、十数羽の鳩が、人怖じもせず集まっている。

求馬が近くまで歩みよると一斉に飛び立つが、それも、空高く舞い上がるというのではなく、人の背の二倍も飛ばずにまた近くの場所に着地して群れるのであった。

――どこのおかみか知らぬが、ずいぶんとよく手なずけたものだ。

求馬は感心しながら鳩の群れの中を突っ切って、社の後ろに回って行った。

──おや……。

木立ちの奥に古い堂のあるのを見て、立ち止まった。

振り返って表の鳥居の方に目を遣ると、稲荷の社が邪魔になって鳥居は見えない。つまり古い堂は、表の鳥居からは死角になっているのだった。

──稲荷に参るとみせて、この裏手の堂に入れば、人の目にはつかぬな。

求馬は古い堂に歩み寄って戸に手を添えた。

すると、なんなく戸は開いた。

堂内に入ると、中ほどの一角だけが埃《ほこり》が取れていて、そこに人気《ひとけ》のあったのは明らかだった。

求馬はその痕跡を注意深く見下ろしながら、

──やはり最近だ、ここを使ったのは……。

険しい顔で見渡した。

三

「先生、こおろぎがもう鳴いているのですね」

お朝は、包帯を巻いていた足首をお道に任せたまま、こおろぎの鳴き声に耳を傾けているようだった。

こおろぎの声は、庭に茂る薬草の中から聞こえていた。

千鶴の治療院の裏庭では、こおろぎは夏の終わりから御府内の木々が赤く染まり、それが散り始める頃まで鳴いている。

むろん他の虫も鳴くのだが、こおろぎの声はひときわ、かまびすしい。

「きっとお朝さんのお国でも、鳴いていますよ」

千鶴は、お道の手当ての按配《あんばい》を見詰めながらお朝に言った。

「ええ……」

お朝は哀しげな声で相槌を打った。

——おやっ。

顔をお朝に向けると、お朝はその視線を、庭の一角に一群を成している日の陰りに注いでいた。

こおろぎの声が一際高いのはその辺りからなのだが、お朝は、ただ単に虫の声を懐かしんで聞き耳をたてている訳ではなく、何かをたぐりよせるような顔をしていたが、

「先生……母は、私と父を捨てたんですよ」

不意にお朝はぽつりと言った。

千鶴はどう答えていいかわからずに、お朝の横顔から視線を外した。

母親のいどころが知れた時に、お朝が示した複雑な表情、その謎が少しわかる思いだった。

お朝はまた、つぶやくように言った。

「女房に捨てられた哀れな父が亡くなったその晩にも、こおろぎが鳴いていたんです」

「そう……お朝さんのお父さんは亡くなられたのですか」

「ええ……毎年こおろぎの声を聞くと、ああ、あの時もこおろぎが鳴いていたって思い出すんです」

「いつ亡くなったんですか、お父さん」

「もう三年になります」

「私は父を亡くして五年です」

「先生も……」

「ええ、まだ昨日のことのように思い出します。忘れることなんて出来ませんものね」

「忘れるなんて……そんなことしたら父がかわいそう……父の苦労を知っているのは私だけなんだから」

「お朝さん……」

「父は無口な人でした。ただ黙々と山に入って薬草をとってきては、生薬屋《きぐすりや》にそれを売って、わたしを育ててくれたのですもの」

「まあ、あなたのお父さんは薬草をとっていたのですか」

「ええ……母が家を出て行きました頃まだ私は幼かったのですが、祖母が元気でした。だからその時は寂しさも少しは癒されましたが、祖母が亡くなると私は一人ぽっちでした。心細くて、寂しくて……だって父が薬草を取りに出かけると、何日も家には帰ってこなかったんです……」

お朝は、こおろぎの鳴き声に導かれるように語り始めた。

近江国草津でお朝は生まれている。

父は小百姓の家に生まれたが、暮らしが苦しいために若い頃に宿場の生薬屋に奉公に出た。

見よう見まねで薬草のことを勉強し、同じ店に奉公していたおきたと所帯を持つために薬草取りになったのである。

琵琶湖をめぐる近江の山々、特に比叡山《ひえいざん》の山中は薬草がたくさんあって、薬草取りの仕事は、一家の暮らしをしっかりと支えてくれたのである。

ところがお朝が生まれて、これからという時に、そう……お朝が五歳になった時だった。母のおきたが家を出て行った。

幼いお朝がその原因を知るべくもなかったが、父は母の失踪をつきつけられても、格別非難するでもなく、黙々として山に入った。

「お前はおっかさんに捨てられたんだからね」

そんな言葉と一緒に、母の素行の非を、繰り返し教えてくれたのは祖母だった。

父は山に入ると何日も帰ってこなかった。

祖母が元気なうちは寂しさも紛《まぎ》れたが、お朝が十歳の時、その祖母も亡くなると、父の留守中は一人ぽっちになった。

一人で御飯を炊いて一人で食べて、寺子屋に通い、夜は闇夜の恐ろしさに泣きながら眠る日が続いた。

待っていた父が帰って来た時には、お朝は父に飛びつくようにして出迎えた。

　その時の父の体からは、汗の臭いと一緒に蒸れた草の香りが漂ってきたが、お朝はそのにおいを臭いとか汚いとか思ったことはない。

　傷心をおし殺して、懸命に働く父の姿が目に見えるようで、自分はこの父のお陰で生きているということが、よくわかっていたのである。

　ところがその父親が薬草を取りに行った崖の上から落ち、それが原因で床についたまま死んだのは、お朝が十五歳の時の秋の夕暮れだった。

　父が伏せっていた部屋の前に見える庭の立ち枯れの草むらの中から、こおろぎの鳴き声が聞こえていた。

　亡くなった父の顔を見下ろして、なすすべもなく呆然として座るお朝の耳に届いたのは、そのこおろぎの鳴き声だったのだ。

「先生」

　お朝が、我に返ったように千鶴に呼びかけたのは、お道の手当てが終わり、白い足を着物の裾にひっこめた時だった。

「先生、その時そこには、父と私の他には誰もいませんでした……」

　あんなに頑張った父の死を見送る人間が自分しかいないのかと思った時、お朝は切なかった。

父の一生が、可哀相だった。

父は、私のためだけに苦労をしていたのだとお朝は思った。

――おとっつあん、私を育ててくれてありがとう。私、おとっつあんの娘で幸せでした……。

父の顔に心の中で語りかけながら、お朝は遺体の側に座り続けていた。

「先生、こおろぎがね、泣いてくれたんです……この世で父の死を私と一緒に泣いてくれたのは、こおろぎだけだったのです」

お朝はそう言うと、濡れた瞳で、千鶴の顔を見た。

千鶴は黙って頷いた。

「大津の生薬屋の万年屋に奉公したのも、父の縁です」

とお朝は言った。

父は死んだとはいえ、娘のお朝の奉公先まで導いてくれたのだという感謝の気持ちが、お朝の声音には窺えた。

「お朝さん、わたくしも母も父も亡くしております。一人になった心許無《こころもとな》さはよくわかります。でもあなたには、お母さんがまだ元気でいらっしゃるではありませんか」

「母は私を捨てた人です」

お朝は、突き放すように言い、はっと気づいて取り繕うような顔をした。

「でも、母は母ではありませんか。離れていてもあなたのことを、きっと心配なさっていたと思いますよ」

「そうでしょうか、心のどこかに私のことがあったのなら、一度くらい、私に、たとえ肌着一枚でもよこしてくれるのではないでしょうか。それが母親というものではないでしょうか」

「何か事情があったのですよ」

「……」

「彦八さんのことだって、知ればお母さんはきっと喜んで下さいます」

「先生、私、母には彦八さんのことは知られたくないのです」

「何故……」

「縁の切れた人に、関係ない話ですから」

「でも、お母さんに会いたくて、わざわざ江戸に来たのでしょう」

「……」

お朝は口を閉じた。俯いた頬に、戸惑いと憤りのないまぜになったものが走り抜けたのを千鶴は見た。

「お朝さん、立ってみて下さい。痛みもずいぶんとれているのではないかと思うのですが」

お道が、話がとぎれるのを待って言った。

「さあ、私につかまって」

お道の言葉に促されて、お朝はお道の腕を借りながら、ゆっくりと立ち上がった。


翌日のこと、三日後には江戸を発つというお朝を連れて、千鶴は呉服町の加賀屋を訪ねた。

お道に案内させようと考えていたのだが、お朝の言葉のふしぶしに、母への恨みがかいまみえ、会うのさえ逡巡《しゅんじゅん》しているようだったので、千鶴も黙って見過ごすことができなくなったのである。

昔は定期的に加賀屋を訪ねていた千鶴である。

おきたは、その当時から痛風の病を持っていて、それで千鶴は往診していたのだが、代がわりになってから、おきたは若夫婦に遠慮したのか、千鶴が定期的に往診をするのを断ってきた。

　はたして、店を訪ねて応対に出てきた嫁のおすがに、おきたの様子が気になって立ち寄ったのだが、連れてきたこちらの娘さんは、おきたさんの別れた実の子だと告げると、怪訝《けげん》な顔をしていたおすがが、急に愛想をつくって、どうぞお義母さんに会って下さいと言った。

　意外にもすんなり会わせてくれたと、胸をなで下ろした瞬間、おすがの言った言葉を聞いて、千鶴は唖然《あぜん》としたのだった。

　おすがは、二人をおきたの住まいになっている離れに案内しながら、

「娘さんがいるなんて、一度も、なんにもお義母さんは言わないのだもの、いるならいるといえば、この先、私も娘さんにお義母さんの面倒を頼めるのに……そうでございましょ、娘さんと暮らすのが、母親は一番幸せなんですから」

　千鶴に同意を求めるように言ったのである。

　その時、お朝は苦笑を返しただけだった。

　ただ、嫁の言葉は母のおきたがこの家で、どんな立場にいるのかをはっきりと示していた。

「お義母さん、びっくりしないで下さいね。近江国から娘さんが、訪ねて来て下

さいましたよ」

おすがはおきたの部屋に入ることもせずに、廊下でそう呼びかけると、

「ごゆっくり……今後のこともじっくりとご相談下さいませ」

思わせ振りな言葉を残して、母屋への廊下に引き返した。

「おまえが……お朝……」

おきたは、先程まで体を横にしていたらしく、ほつれた髪の毛を整えながら、思いがけない人の出現に、言葉を呑んだ。

ただ、痛風が悪化しているようで、横座りして、足をしきりにさすっている。

「おきたさん、後で診察いたしましょうね」

おきたに千鶴は言い、

「さあ、お朝さん……わたくしは、この廊下で待っていますから、存分にお話しして……」

千鶴はお朝の背中を押すように言い、自分は廊下の隅に端座した。

千鶴と部屋の中とは、障子戸一枚分が開け放たれていて、そこから部屋の様子は覗える。

だが千鶴は、その空間をななめに見るように座ると、庭の日だまりに目を遣っ

た。

視線の端に、お朝が部屋におそるおそる入って行くのが見えた。

「お朝……よく訪ねて来てくれましたね。さあ、もっと近くに来て顔をみせておくれ」

おきたは、お朝と別れて十五年も隔たっていた年月を、一気に飛び越えようとしているかのような声で言った。

その声音は、千鶴が以前から知っている、加賀屋のおかみとして店をきりもりしていた時の、心の行き届いた声だった。

「元気そうね……おっかさん、なによりじゃない」

お朝が言った。お朝の声は震えていた。

「お朝も……でもまあ、すっかり娘さんになって」

おきたは、感慨無量で声を詰まらせる。

「生きているうちに、まさかお朝に会えるなんて、おっかさんは嬉しい……」

おきたは言い、また声を詰まらせた。

「おっかさん、いい暮らしをしてきたのね……噂には聞いていたけど、こんなに立派なお店のおかみさんになっていたなんて」

お朝の声には、再会した嬉しさよりも羨望と恨みがこもっていた。ことさらに感情を交えないような声音だったが、久し振りにあった娘としては冷たい声だった。

しかし、おきたはそれには答えず、

「お朝、あんたは、この江戸で暮らしているのかい……」

優しい声で聞いた。お朝に対する労りと申し訳ない気持ちの入り混じった遠慮を含んだ声だった。

「私？……私は大津の万年屋の本店から江戸店にひと月だけのお手伝いで来たんです」

「万年屋……じゃ、あんた、薬種屋に奉公しているんだね」

「ええ、今度この御府内でも、うちの神光丹を売り出すことになったんです」

「神光丹……」

「ああ、これ……よかったら、少しだけど……」

お朝は、おきたの前に、ついと神光丹の薬袋を置いた。

突き放すような置き方だった。

「いいのかい、貰っても」

「ええ、試してみたいっていうお方に、お渡ししているものですから」

特別に持ってきたものではないと言いたげな口振りだった。だがおきたは、

「ありがと……お朝が、薬種問屋に奉公なんて……」

しみじみと言い、両手で包むようにその薬袋を取った。

「三日後には江戸を立ちます。それで、一度会っておこうかなって思ったんです」

「そう……ありがとうね、お朝」

「だって、五歳の時に別れたままで、お互い顔も忘れるほど年月が過ぎているんだもの。自分の母親がどんな顔をして暮らしているのか、見ておきたかったんです」

「……」

「おっかさんは覚えているかしら、家を出た日のことを……」

「ええ」

おきたは、小さくて消え入りそうな声を出した。

「私ははっきり覚えています。あの日、おっかさんは風呂敷包みを抱えて飛び出すようにして出ていきましたね」

「……」

「おばあちゃんは家にいたけど、おとっつあんは山に入っていていなかった。そんな日に、おとっつあんのいない時に家を出るなんて……私は幼かったけど、これからどんなことになるのかわかっていたような気がするんです。だから私は、おとっつあんのかわりに引き止めなければ……そうしなければ、もう、おっかさんには会えなくなる、そんな切羽詰《せっぱつ》まった思いで、おっかさんの後を追っかけました。泣きながら……そうよ、声が嗄《か》れるほど泣きながら、追っかけました。でも、おっかさんは一度も私を振り向かなかった。そうでしょ」

お朝の声は、いつの間にか詰問する声にかわっていた。

「夕暮れて、村の外れの思案橋で、私は蹴躓いて転んだけど、おっかさんは振り向いてもくれなかった……」

お朝は、話の順を追いながら、ひそかに母のおきたの表情を窺っているようだった。

ひとつひとつ、鋭い縫い針を刺しながら試していくように、母おきたの表情を見て話を進めた。

「橋の上に倒れたままで、私はおっかさんの姿が消えていくのを見送ったんです……そんなこと知らないでしょ、おっかさん……でもね、私には忘れられない、一生、あの時のことは忘れません」

「ごめんよ、お朝。悪いおっかさんで、本当にごめん」

「いいのよ、もう。過ぎたことだもの……言ってもしょうがないことだもの」

お朝は苦笑してみせた。

「おばあちゃんは元気なの……おとっつあんはどう……まだ薬草を取りに行ってるの」

おきたは、矢継ぎ早に聞いた。

「二人とも亡くなりました」

「亡くなった……」

「それからずっと、私は一人で生きてきました」

「苦労したんだろうね、お朝……すまないねえ」

「でもこれですっきりしました。私もいずれ所帯を持つけど、おっかさんのことが気が気じゃなかったんだもの」

「誰かいい人がいるんだね、お朝」

「おっかさん、冷たいことを言うようだけど、私が所帯を持ったからって、おっかさんとは未来永劫一緒に住むなんてこと考えてはいませんから、承知しておいて下さいね、お願いします」

「わかっていますよ、誰がそんなことを考えるものですか……おっかさんはね、お前が幸せならそれで幸せなの」

「……」

「会いにきてくれただけで、本当に有り難いと思っているんだから、おっかさんの事は気にしないで、幸せになりなさい」

「……」

「私はここで死ぬつもりです。お嫁さんもとてもよくしてくれていますからね、私のことは忘れて……いいね」

おきたはそう言うと立ち上がり、足を引きずるようにして箪笥《たんす》から文箱を出してくると、布に包んだ物をお朝の前に置いた。

「持っていって頂戴。お前が所帯を持つ時のお祝いです」

「おっかさん、私、そんな無心をするために会いに来たんじゃありません」

「わかっていますよ、でもこれは、せめてものおっかさんの気持ちなんですから、受け取ってくれると嬉しいのよ」

「今更……いりませんよ。おっかさんにお祝いなんてしてほしくありません。会いにはきましたが、ずっと昔から関係ない人なんだから……そうでしょ」

「お朝……」

「じゃ、私はこれで……これが最初で最後だと思うけど、おっかさん、体に気をつけて……」

「……」

「さよなら、おっかさん」

お朝はそう言うと、部屋の外に走り出て、千鶴のいるのも忘れたかのように、足早に表に出て行った。

「お朝……」

おきたの嗚咽《おえつ》が聞こえてきた。

「おきたさん……」

千鶴は部屋に入ると、肩を震わせているおきたの側に静かに座った。

四

雨は、通り雨かと思ったが、八ツ頃から強い風をともなっていた。

桂治療院の患者も雨のためか夕刻近くにはその足も途絶え、屋敷内はしんとして、庭の樹木や薬草が風に揺れる音ばかりが耳についた。

「先生、どうしましょうか」

お道が、薬研を使っている千鶴の前に座って聞いた。

お道は、縁側に吹き込んで来る雨に気づいて、今日はもう雨戸も閉めて、治療院の仕事もこれまでにしたらどうかと聞いているのだった。

千鶴は、手を止めて顔を上げると、

「そうね、今日はもうお終いにしましょう。表の門も閉めてきて下さい。早めにお食事もすませて、お道さんは医書でもお読みなさい」

「はい」

「そうそう、この間お渡しした宇田川先生の『和蘭薬鏡』はもう読みましたか」

「一通り読み終わりましたが、先生にお尋ねしたいことがあります」

「わかりました」

千鶴が頷くと、お道は立ち上がって玄関に向かった。

「まあ、求馬様」

玄関の方からお道の驚いた声が聞こえて来たと思ったら、廊下を大股に踏み締める足音がして、肩を濡らした求馬がやってきた。

「千鶴殿、少しわかってきましたぞ」

「本当ですか」

千鶴は調合室から診療室に出て来ると、

「お道ちゃん、求馬様に手ぬぐいを」

求馬の後ろから小走りしてきたお道に言った。

「大事ない」

求馬は、すばやく濡れた肩に懐紙を当てると、

「毒殺された千吉たちが、押し込みの相談をしていたと思われる場所が、ほぼわかった」

「まあ……」

「稲荷新道にある稲荷だ。鹿児島稲荷というのだが、何度もその境内にある古い堂の中で計画を練っていたふしがある」

「で、仲間の名は、わかったんですね」

「いや、それはまだだ。だが、談合する輩《やから》の顔を見ていた者がいた」

「誰です」

「千鶴殿は、呉服町の加賀屋をご存じか」

「加賀屋」

千鶴は驚いた。加賀屋といえば、おきたのいるあの店である。呉服町に加賀屋というのは、他の職種のお店を含めても、他にはなかった。

「加賀屋さんなら、よく存じています」

「ふむ。その加賀屋の隠居におきたという人がいる」

「おきたさんならわたくしの患者のひとり、そして、お朝さんの母親です」

「何……」

求馬は、鹿児島稲荷に毎日やってきて、残飯を鳩にやる老女の話をした。その老女こそ、おきただったのだ。

「では、おきたさんが犯人たちの顔を知っていると……」

「九分九厘そうだな」

「おきたさんにお聞きになったのではないのですか」

「聞いた。だが、どこまで知っているのか、口を濁して答えようとはしないんだ」

「……」

「若い男三人が、堂の中に集まっていたのは認めたのだが、顔を覚えていないし、名前など知らぬと」

「おかしな話ですね」

「俺が見たところ、誰かを庇っているのではないかと……」

「……」

「千鶴殿の患者の一人だというのなら、千鶴殿から直接聞いてみたらどうだろうか」

「そうですね」

千鶴は返事をしながら、いったいあのおきたは、誰を庇っているのかと、慌ただしくおきたの周辺にいる人物を思い描いてみたが、押し込みをする人間など、思い当たる筈もない。

ただ、長い間、呉服屋のおかみとして商いに携わってきたおきたのことだ。知人も多く、その知人の中に賊の一人がいたのかもしれない。

「三人組は……」

考え事をしている千鶴に、求馬が言った。

「一人は千吉、それははっきりしているわけだが、もう一人は千吉の長屋を訪ねてきたという、目の鋭いそれと察しのつく人相のよくない男だと考えていいだろう。そしてもう一人が、おきたが庇っている人物だということになる」

「ええ」

「人相のよくない男については、浦島殿が博打場を洗っているから、そちらの線から判明するに違いない」

「わかりました。こんなお天気の日に、お手数をおかけいたしました」

千鶴が言った時、お竹が小走りして廊下を渡って来て告げた。

「千鶴先生、加賀屋さんからお使いでございます」

「加賀屋さん……呉服町の……」

「はい。ご隠居さんのおきたさんが、毒を盛られたんじゃないかって」

「毒を」

「はい。食事の後で、激しく吐いたようですが、すぐに往診をお願いしたいと、町駕籠と一緒に手代のおひとが、玄関で待っております」

「まさか」

千鶴は不安な顔で求馬と見合って、

「承知しました、参ります」

お竹に告げ、

「お道っちゃん、往診の用意を」

慌ただしく言った。


「先生、毒ではなかったんですか」

加賀屋の嫁のおすがは、訝《いぶか》しい目で千鶴を見た。

おきたは嘔吐を繰り返した後、憔悴《しょうすい》して床についたが、命に別条はなかったのである。

「食中《しょくあた》りですね。吐いたことで大事には至りませんでしたが、いったい何を食べたんですか」

「私はてっきり、娘さんが義母さんに渡した、あのお薬のせいかと思っていたのです」

「神光丹は毒ではありません。何を食べましたか」

厳しく尋ねられて、おすがは躱《かわ》し切れなくなったと知ってか、突き放すように言ったのである。

「何を食べたかなんて、私は忙しくて知りませんよ。ご自分で何かよくない物を食べたんじゃないんですか」

ぷいと立ち上がると、離れの部屋を出て行った。

「酷いこと言うんですね、先生……ご隠居さんがかわいそう」

お道が千鶴に耳打ちするように小さな声で言い、おすがが去った廊下を見遣る。

「あの……」

後ろの敷居際で声がした。おきたに食事を運んでいる女中のお里だった。

「先生、ご隠居さんが食べたものですが、ひょっとしてかまぼこが良くなかったのかもしれません」

「そのかまぼこ、残っていますか」

「いえ」

「他のみなさんも同じ物を食べたのですね」

「いいえ、ご隠居さんにさしあげたものは、昨日おかみさんたちが召し上がって残っていたものでした。古かったのです」

「夏の盛りは過ぎたとはいえ、今の季節が一番食中りしやすいのです。お年寄りにはよく注意してさしあげないと」

「ええ、でも」

お里は、俯いて言いよどんだが、顔を上げると、

「いつもなんです。ご隠居さんは昔のひとですから少々古くなったものでも大丈夫だって、だからお出しするようにって、おかみさんが……」

「まあ……」

「だからといって、ご隠居さんがお食事を残せば、次からはお菜の数を減らされます。ずいぶんとおかみさんの機嫌を損《そこ》ねることになりますから、ご隠居さんも無理をしてでも召し上がるのです」

「……」

「あたしがお世話していて申し訳ないのですが、おかみさんのおっしゃる通りにしないと、あたしも暇を出されます。ご隠居さんはそれも知ってて……本当にすみません」

お里は、前だれをひっつかむと、顔に当てて泣いた。

「お里……おまえのせいではありませんよ」

眠っていたと思っていたおきたが言った。

おきたは、弱々しい目を向けると、私がいやしいものだからこんなことになっ

たんですと、お里を労るような目で見つめ、そして、その顔を千鶴に向けると、

「先生、ご足労頂きましてすみません。私も気分が悪くなった時に食中りではないかと思っておりました。お朝にもらった神光丹をすぐに呑めばこんなことにはならなかったと存じますが」

「そうですよ、おきたさん。わたくしの知るところでは、あのお薬には食中りに良く効くお薬が入っていますから、すぐに呑めばよろしかったのに」

「ほんとうに……でも、あれを呑むのは勿体《もったい》なくて。それで、辛抱してる間にこんな大騒動になってしまって」

「おきたさん……」

「私はね、先生。お朝にも会えましたから、もう、いつ、どうなってもいいって思っているんです。でも、人の命なんて、はかないようでもしぶといものでございますね」

おきたは苦笑した。

「そんなに簡単に死ぬるものですか、長生きをして下さい。まっ、これからは、よく吟味してお食事をとるようにして下さい」

千鶴は笑みを返したが、家の食事を吟味してとれとは、こんな哀しいことはな

い。

千鶴は痛ましく思いながら、

「それはそうと、おきたさんにお聞きしたいことがあります」

折から懸念していた話を、思い切って持ち出した。

千鶴は、菊池求馬というお武家が、さる押し込みの事件を調べていること、それには千鶴自身がかかわっている毒殺騒ぎもからんでいることを話し、大番屋の牢内で殺された千吉のためにも、おきたが、鹿児島稲荷で見たままを、正直に教えてほしいのだと頼んでみた。

だがおきたは、菊池様にお話しした以上のことは、私にはわからないのだと言い、口を噤《つぐ》んだ。

「おきたさん、誰かを庇っているのではありませんか」

「私が……」

おきたは、千鶴の言葉に一瞬だが動揺をみせた。だがおきたはすぐに表情を整えると、三人組は何度も稲荷で見かけたが、いずれの男も知らない人だったと繰り返した。

五

雨は嘘のように止んでいた。

治療院の庭には塵一つない清浄な空気が漂い、そこに陽の光が差し込んで、庭の木や薬草に新しい命をふりそそぐかのように見えた。

昨日足留めをくった患者たちも、早々に医院の待合室に詰めかけて、千鶴は朝から休みなく診察をし、昼前になってようやく診療室を離れることが出来た。

往診も控えていたために、急いで昼食をとっていると、玄関で求馬の声がした。

「先生、少しお待ちいただきますね」

給仕をしていたお竹が腰を上げたが、

「いえ、わたくしが出ます」

千鶴は、箸を置いて玄関に出た。

求馬は、見知らぬ一人の女を連れていた。

「千鶴殿、この者はおとみというのだが、殺された千吉といい仲だった者で、三四の番屋に毒入りの寿司折を届けた者だ」

「あなたが……」

千鶴は、縞の着物をだらしなく着た、化粧の濃い女を見た。

女は袖の中に手を差し込んで腕を組み、玄関の柱に背を凭《もた》せていたが、千鶴と目が合うと、その背を柱から離して、ぺこんと千鶴に頭を下げた。

「ただし、この女、おとみは頼まれて寿司を届けた。毒が入っていたなどということは、露知らなかったということだ」

「そうなんですよ、先生……あたしはこの旦那の話を聞いてびっくりしちまいましたのさ」

おとみという女は、求馬のその言葉を待っていたかのように千鶴に言った。

「おとみは両国の矢場の女だ。先程千吉といい仲だったと言ったが、それは樽屋という飲み屋にいたころの話で、矢場に鞍替えした頃から直次郎という博打打ちと懇意になった。それでその直次郎から寿司を渡されて、千吉の姉になりすまして番屋まで届けたというのだ」

「するとその男も、押し込みの仲間ですね」

千鶴が驚いた顔で求馬を見返した。求馬はすかさず言った。

「腕に蝶の彫り物があるそうだ」

「……」

「俺が思うに、押し込みの頭目だな」

求馬はちらりと、おとみを見た。

「旦那、勘弁して下さいましな。あたしはなんにも知らなかったんですから。それが証拠に、あれ以来直さんには袖にされちまって、連絡も何もないんだから。嘘じゃないってこのお方に何度も誓ったのに信用してくれなくてさ、あげくに役人の手に渡すぞなんて脅かされて」

「おとみさん、直次郎って人は、どこにいるのです」

「さあ、博打場を渡り歩いているんだと思いますよ」

「あなたは、押し込みのことは本当に知らなかったのですね」

「押し込みかどうかは知りませんが、近々たくさん金が入るから、上方《かみがた》に行って暮らすか、なんて言ってたのは覚えていますよ」

「上方に……直次郎という人が、そんなことを言ったんですか」

「ええ」

「千鶴殿、驚く話がもう一つあるぞ。つるんでいた男のうち、もう一人は、なんと、加賀屋の嫁おすがの弟だったのだ」

「まあ」

千鶴は驚愕して求馬を見返した。

「このおとみの矢場に、直次郎がその弟を連れてやってきて、今度あいつと一緒に仕事をするんだと言ったというのだ」

「求馬様」

そういうことだったのか、加賀屋の隠居おきたが、三人組について固く口を閉ざした意味は、これだったのかと千鶴は謎がとける思いだった。

嫁のおすがに、他人の目もはばからず邪険な扱いを受けているのにもかかわらず、おきたは、懸命に夫から預かった店を守り、嫁のおすがやその弟も守ろうとしているのかもしれない。

千鶴は、おきたの食中りの騒動を昨日見てきたばかりであった。

おきたの心中を考えると、切なかった。

「先生……」

おとみは、だるそうに投げやりな声で言った。

「加賀屋のおかみさんの弟は宇之助《うのすけ》っていうんですが、京橋にある絵具屋『松屋』の主です。ところが、母親が亡くなってから博打にのめりこみ、店は人の手に渡るとか渡らないとか、そこまでひどい状態になってしまったようなんですよ。そこで呉服町で立派な店を構えている姉さんに泣きついたらしいのね……ところがこの姉さんが言うのには、店の沽券《こけん》も商いの上での最後の決裁も、先代の遺言で姑のおきたというご隠居がすることになっている。あの姑が死なないかぎり、十両二十両の話ならともかく、大金をだまって弟に融通はできないって……だから悪いことに手を染めることになっちまったのではないかしらね。一方の千吉さんだって田舎の親父さんにお金を送ってやりたいなどと、それはずっと前から言ってましたからね、お金を欲しいひとが三人そろっちまったってわけですよ。それで直さんが音頭をとって……そういうことだと思いますよ」

「おとみさん、加賀屋のおすがさんですが、弟さんが押し込みをしたことを知ってるのかしら」

「まさか……宇之助さんもそんなこと言うわけありません。身内に押し込みの人間がいたなんて人に知れたら、商売なんてできませんよ、加賀屋だってどうなるか」

「求馬様、宇之助さんですが、切羽詰まって、おきたさんに危害を加えようなどとしないでしょうね」

「無いとはいえぬな。自分たちの秘密をおきたに知られていると知った時、その時は危ないな。それと、先程の押し込みで得た金だけでは、絵具屋の存続が難しいとなった時だ。なにしろ仲間の千吉でさえ平気で殺した連中だ」

「ええ……」

俄に千鶴の胸は不安に包まれていった。

おすがの弟宇之助の店はひっそりとして、奉公人の姿すら見えなかった。

千鶴は薬箱を持ち、往診の行き帰りのようなふりをして、ゆっくりと店の前を通りながら、松屋はもはや、商いをできるような状態ではなくなっていると思った。

閑古鳥《かんこどり》が鳴いているなどというような表現ではすまされない、寂《さび》れた廃屋の中を覗いたような感じがした。

「先生……千鶴先生」

浦島の声が頭上から聞こえてきた。

振り仰ぐと、松屋の真向かいにある小間物屋の二階から、亀之助が身を乗り出していた。

「浦島様……」

浦島は、おいでおいでをして、すぐに体をひっこめた。

千鶴は小間物屋に入り、出てきた主に断りを入れ、二階に上がった。

亀之助は、三畳ほどの小部屋で松屋を見張っているのだった。

むろん求馬の助言を受けてのことで、猫八は押し込みの頭目直次郎を追って博打場を探索しているが、杳《よう》として直次郎の消息はつかめていないようである。

「千鶴先生、宇之助は昨日も今日も、ひきこもったままです。一歩も外に出てきません」

亀之助は、憔悴しきった顔で言った。

「訪ねてきた者は……」

「いませんね。店も御覧の通りです。猫八の調べでわかったのですが、宇之助は店の沽券を質に入れ、三百両借りています。返済の期限は十日を切っているようですから、そのうち、きっと動くと読んでるのですが」

「……」

「あっ、忘れるところでした」

亀之助は、はたと気づいたように、懐から一枚の紙切れを出した。

「押し込みにあった桑名屋に投げ込まれた警告文です」

千鶴は受けとるや、目を見開いた。

「これは……」

文は散らし書きの女文字で、

――近日押し込みあり　戸締まりにご用心を――

とあった。

「この文字、見覚えがあります」

「千鶴先生……誰です」

「加賀屋のご隠居さん、おきたさんですよ」

「まことですか」

「はい、ご隠居さんの文字は、りの文字の流し方、それに、みの字が他の文字より大きく書くのが癖なんです。長いおつき合いで何度か文を頂いたことがございますので、九分九厘、おきたさんの手によるものだと存じます」

「するとですね、やはりあの稲荷の境内で、鳩に餌をやりながら、千吉たちが謀《はかりごと》を重ねていた、その話の内容を聞いていたということか」

「おそらく……」

「しかし、それなら何故、直接町方に知らせないのだ」

「賊のうちの一人が宇之助さんとわかっていては、それも出来ず、これは私の想像ですが、桑名屋さんに知らせることで、押し込みに遭わせないようにという意図があったのではないでしょうか。宇之助さんに押し込みをしてほしくない、そういう願いを込めて投げ文をしたのだと思います」

「しかし、桑名屋は、これを誰かの悪戯《いたずら》だとタカを括《くく》っていたらしい。それにしても宇之助は馬鹿な男だな」

「しっ……」

千鶴は亀之助の言葉を遮ると、表を目顔で差した。

松屋から男が一人、それも痩せた青白い顔の男が、のそりと出てきた。

「宇之助……」

亀之助がすばやく、部屋を飛び出した。

千鶴も後に続いて部屋を出たが、

「うわっ」

叫び声が聞こえたと思ったら、階段を何かが転げ落ちる音がした。

「浦島様……」

階下を覗くと、階段下で亀之助が伸びて唸っているではないか。

千鶴は急いで階段をおりて駆け寄った。

「私はいい、た、頼む」

亀之助は伸びたままの姿勢で、顔を歪めて千鶴に言った。

千鶴は頷くと、店の外に走り出た。

ほんの少し亀之助に気をとられたお陰で、千鶴は宇之助を見失っていた。

――向かう場所は一つ……。

千鶴は南伝馬町の大通りに出た。往来する人たちをかきわけるようにして北に向かった。

はたして、宇之助の肩幅の狭い後ろ姿を、まもなくとらえた。

宇之助は、背を丸めて、人込みの中を前をわけるようにして歩いて行く。

だが、日本橋通りに入る角で一旦立ち止まった。

誰かを待っているようだった。腕を組んで周囲を注意深く見渡している。

まもなく、角の店の陰に人影が動いたと思ったら、目つきの鋭い男がふらりと姿を現した。

――直次郎……。

千鶴は直感した。

二人は頷き合うと、稲荷新道に入った。

千鶴は尾行しながら、次第に息苦しくなるのを感じていた。

やがて二人は鹿児島稲荷の鳥居をくぐった。

鳩が驚いたように飛び上がった。

その羽音の下で振り向いたのはおきただった。おきたは二人の出現に驚いて呆然として立ちあがった。

二人はおきたに、なぶるように近づいて行く。

「宇之助さん」

おきたの顔に恐怖が走る。

おきたの手から、鳩の餌がこぼれ落ちた。

「やっぱり、俺たちのことを知っていやがったな」

直次郎だった。

目に、おきたをいたぶるような色が宿っている。

「ここに来りゃあ会えると思ったぜ」

肩をゆすり上げるようにして笑った。その手には荒縄が握られている。

「何するんです。宇之助さん、馬鹿なことはやめなさい」

おきたが、かすれるような声で言った。

「あんたに生きていてもらっては困るんだ。あんたさえいなくなりゃあ、俺も遠慮なく加賀屋の金を使わせてもらえるっていうもんだ」

「馬鹿なことを……宇之助さん、今なら間に合う。罪を償《つぐな》ってやりなおしなさい」

おきたは宇之助に向かって言った。

「そ、そんな時間はない」

「宇之助、婆さんはおめえが殺《や》れ」

直次郎は、手にあった荒縄を宇之助の胸に投げた。

宇之助は縄を受けるが、

「わたしが……」

一瞬ひるんだ。

「そうだ。おめえの手でやりな。それで一人前だ」

「……」

「殺れ」

直次郎は匕首を出し、それを宇之助に向けた。

宇之助はそれで観念したようだった。

両手で縄をしごいてみせると、ゆっくりとおきたに近づいていく。

その時だった。

「待て」

社から走り出て来たのは求馬だった。

「話はそこで聞かせて貰った」

求馬は、ちらと社に視線を走らせると、

「押し込みの動かぬ証拠をな。許せぬ」

求馬はおきたを庇って立った。

「だ、誰だ、お前は」

宇之助が身構える。

「菊池求馬という」

言いながら、ずいと出た。

「求馬様……」

千鶴が境内に駆け込んだ。

「千鶴殿、ご隠居を頼む」

求馬は言い、直次郎と宇之助を見据えると、

「押し込みに入り、仲間の千吉を毒殺したばかりか、顔を知られたと知り加賀屋のご隠居まで殺《あや》めようとしたその罪は重い」

更に二人に迫ろうとしたその時、

「野郎」

直次郎が匕首を片手に飛びかかって来た。

求馬は飛びのいてこれを躱し、転がっていた木の枝を拾った。

二尺ほどの木の枝だった。まだ枯れてはいないのを確かめて、一回ぶんと振り回してみた。

そうするうちにも、直次郎は体勢を整えて、斬りかかってきた。

右に左に、直次郎は執拗に飛び込んで来る。

求馬が払いのけても、すぐに構え直して斬りかかってくる直次郎の俊敏さは、驚くほど腰が据わっていた。

闇の世界で危ない勝負を繰り返してきた、したたかなものが見えた。

「ぎゃ」

求馬の後ろで声がした。

千鶴の前に、腕を抱えて宇之助が蹲《うずくま》っていた。

千鶴は、手に小太刀を握っている。

「大事ないか」

求馬が直次郎を睨《にら》んだまま、目の端に千鶴をとらえて聞いた。

「ご心配なく」

千鶴はすばやく、宇之助の喉元に小太刀の先をつきつけていた。

千鶴は、半月流小太刀を神田の浅岡道場で修めている。宇之助など相手ではなかった。

求馬はにやりと笑うと、突っ込んできた直次郎の体をひねりながら躱し、走り抜けようとしたその足元をけり飛ばし、足をかけた。

「あっ」

つんのめって均衡を崩したその手元をぐいとつかむと、もう一度足をかけて引きずり倒した。

すかさず求馬は、直次郎の腕を捩じ上げて、その匕首を奪い取った。

その腕に、彫り物の蝶が舞っていた。

「この蝶、押し込みに入った頭目のしるし……言い逃れは出来ぬぞ」

力まかせに直次郎の額を地面につけさせた時、蝶の羽は瞬く間に赤く染まった。

「千鶴先生……菊池殿」

猫八に抱えられて、よたよたしながら亀之助が境内に入ってきた。

「猫八、縄をうて」

求馬が言うより早く、猫八は主の亀之助を突き放して、捕り縄をつかむや直次郎に駆け寄ってきた。

「いてて、いてて」

猫八に振り捨てられた亀之助が、倒れて悲鳴を上げながらも、してやったりと嬉しそうな視線を千鶴に送ってきた。千鶴は笑いを隠せなかった。


千鶴は、庭に異様な羽ばたきを聞いた。

いや、羽ばたきばかりではない、鳥の悲鳴のような鳴き声を聞いた。

朝食を済ませて診療室に入ってすぐのことだった。

千鶴は引き寄せられるように内縁から外を眺めた。

鳥の気配は、庭に茂る木のこずえから聞こえていた。

「お竹さん、聞きましたか」

お茶を運んできたお竹を振り返った。

「ああ、あれは先生、烏《からす》ですね」

「烏……」

烏にしては、普段とは鳴き声が違ったと思った。切羽詰まったものがみられたし、だからといって威嚇《いかく》するような声ではなかった。

哀切極まる悲しげな声だったのである。

お竹はしみじみと言った。

「今年は庭に烏が巣をつくっていたようですから、母子の別れをしているのでしょうね。烏の子別れです。別れを惜しんで鳴いているんですよ」

「悲しげな声だこと」

「別れ烏っていうのだそうですよ」

「別れ烏……」

「ええ、人も烏も一緒なんですね、母子の情は……」

お竹は茶を置くと、台所に引き返して行った。

――別れ烏……。

千鶴の頭には、おきたとお朝のことがあった。

せっかく再会したのに、お朝はまだおきたを許してはいなかった。

またいつ会えるともしれない二人が、このまま別れていいものか、おきたはともかく、お朝は向後悔やむときが来るのではないか、千鶴はそんな懸念を抱いている。

押し込み事件が解決した時、棚からぼた餅で、求馬のおかげで手柄を手に入れた亀之助一人が喜んだものの、加賀屋では一騒動あった。

宇之助が押し込みの一味だったというのはむろんのことだが、おきたを殺そうとしたことで、嫁のおすがは、おきたにとっては先妻の息子になる夫の忠兵衛から離縁を申し渡されたのである。

大店の主として、忠兵衛がとろうとした処置は、当然といえば当然のことだと思えた。

義理の母とはいえ、おきたの命を奪おうとした男の姉を妻にしておくことは、世間的にも、また忠兵衛の心の中でも、さすがに出来なかったのである。

しかしその時、忠兵衛を説得し、おすがをそのまま、加賀屋の嫁として置くようにと言ったのは、ほかならぬおきただった。

「宇之助さんは、唆《そそのか》されて仲間に加わったそうではありませんか。私がお役人から聞いた話では、直次郎という人は極刑になるだろうということでしたが、宇之助さんは命だけは助かるのではないかと聞いています。ここで姉のおすがまで不幸になっては、あまりにも姉弟《きようだい》があわれです」

おきたは息子夫婦を並べて、そう言ったのである。

「おっかさん……」

おすがは、畳に突っぷして号泣した。

その時、千鶴は求馬と、おきたの様子をみるために加賀屋の離れを訪ねていて、すべてを見ている。

おすがは何度もおきたに詫びて、忠兵衛につき添われて部屋を出て行った。

その後ろ姿を見送って、おきたは深い吐息をついた。

おきたの眼は、近江の家を出てからの、長い歳月をなぞっているようだった。

「千鶴先生、私はね、事情はどうあれ、長い間近江に置いてきた娘に心の中で詫び続けて参りました。でも、ああして会うことが出来て、娘の怒りを聞いてやることができて、私はいま、少し救われた気がしています」

おきたはその時千鶴にそう言ったのである。

娘のお朝になじられるように言われても、それでもおきたにとっては救いだったというのである。

千鶴にはそのおきたの母心が哀れでならなかった。

庭のこずえから、また別れ鳥の鳴き声が聞こえてきた。

その時だった。

「先生、千鶴先生……」

お朝が庭に現れたのである。

「お朝さん……江戸を発ったのではなかったのですか」

「はい。少し帰郷が伸びたのです。でも、明日早朝出立します。それで先生にご挨拶をと存じまして、先生、ほんとうにいろいろとありがとうございました」

「足は大丈夫ですか、痛みはもうありませんか」

「はい。もうすっかり……この通りです」

お朝はすいすいと歩いてみせた。

「おきたさんには、お別れの挨拶をしましたか」

「いいえ、もう会うつもりはございません」

「おきたさんを許せないのですね」

「……」

「お朝さん、おきたさんがあなたを置いてお国を出られた事情を知ってますか」

「いいえ、知る必要もないと思っています」

「捨てられたと、そう思っているのでしょ」

「……」

「お朝さん、親が子を捨てるわけがないじゃありませんか。わたくしがお聞きした話によれば、おきたさんは、あなたのおばあさんに家を出ていくようにと、そう言われて、それで出たのだと言ってましたよ」

「まさか……」

「本当です」

おきたと姑とは、ことごとくうまくいかなかった。

最後には、おきたが食事をつくるたびに、姑は毒味をしろなどと迫るのであった。

そこまで拗《こじ》れてしまっては、同じ屋根の下には暮らせないと感じたおきたは、お朝を連れて家を出ようとしたのだが、一人で出ていくようにと膝を詰められ、おきたは泣く泣く一人で家を出る決心をしたのだというのであった。

「おきたさんはね、その後大津の旅籠《はたご》に奉公したらしいのですが、その旅籠に、毎年仕入れのためにに泊まっていた加賀屋さんに見初《みそ》められて、江戸にきたのだと言っていましたよ」

「……」

「国を出る時の切なさは、言葉では言いあらわせないと……」

「先生、私なら、どんな事情があっても、わが子を手放すようなことはしません」

「お朝さん」

千鶴は悲しい目で、お朝を見た。

お朝はもう、どんな話を聞こうとも、おきたにこれ以上、心を開くつもりはないと思われた。

「先生、急病人でございます」

お竹が廊下を小走りしてきて、千鶴に告げた。

「いま表に町駕籠でこられたのですが、一人では歩けないようです。加賀屋のご隠居さんです」

「おきたさんが……」

千鶴は、ちらっとお朝を見た。

お朝の顔が、瞬く間に強張っていく。

「お道っちゃん、手伝って頂戴」

千鶴は奥に向かって大声を上げた。するとその時、

「私が行きます」

お朝が玄関に走っていった。

千鶴と先を争うように履き物を履き、玄関から表門へ走り、

「おっかさん……」

駕籠の中から這い出るようにして出てきたおきたに言った。

「お朝……近江に帰ったんじゃなかったのかい」

「それより、どうしたのよ、歩けないなんて」

お朝は叱るように言いながら、おきたの体を抱え上げた。

「おきたさんは痛風なんですよ。年々足の痛みが強くなって歩くのがたいへんなんです」

千鶴が言った。

「しっかりしてよね、おっかさん」

お朝は、おきたの体を支えながら、ゆっくりと玄関に向かって行く。

――お朝さん……。

千鶴は、胸を熱くして見ていたが、ふと気づいて走り寄り、おきたのもう一方の肩を抱え上げた。

「先生、すみません」

おきたの声はふるえていた。

第二話　花襦袢

一

その声は、さしずめ鬨《とき》の声かと思われた。

千鶴はお道を連れて、下谷のさる武家屋敷を往診しての帰りだった。

新《あたら》し橋《ばし》の手前で暮れ六ツの時の鐘が鳴り始めたが、橋を渡り終えた時、鐘は最後の一打を打った。ところが、それがまるで合図のように、潮騒《しおさい》のような雄叫《おたけ》びが起こった。

うおーっと叫ぶ声が、あっちからこっちから聞こえたと思ったら、激しく撃ち合う音がして、おまけに、今にも死にそうな苦悶の叫びが混じる。

それも、数人というのではなく、もっと多数の男たちの声だった。男といっても、まだ声変わりしたばかりの、少年たちの声である。

「助けて……」

と、泣き叫ぶ声まであった。

「お道っちゃん、あなたはここで待っていなさい」

果敢にも千鶴は、藍染袴《あいぞめばかま》をなびかせて、腰の小太刀に手を添えながら、橋の下に駆け下りた。

柳原土手《やなぎわらどて》を西に走ると、和泉橋《いずみばし》の手前で、襷《たすき》に鉢巻きをした二つの若者の集団が、竹の棒や木の棒を手に戦っていた。

二つの集団は、片や白い鉢巻き、もう一方は赤い鉢巻きを締めている。

総勢三十名ほどいるであろうか、武家の子もいれば、町人の子もいるようだった。

すでに傷を負って土手でうめいている者もいれば、額から血を流している者もいる。

一際高いところに走り上がって、

「ひるむな、撃て撃て！」

叫んだ少年を見た千鶴は、

「百舌鳥《もず》……」

思わず叫んだ。

花柄の女の襦袢《じゅばん》を着て尻はしょりし、小刀を腰にさしたその少年は、通称百舌鳥と呼ばれていて、相棒の通称アンコウと呼ばれている色白のでぶっちょの少年と、数日前にかっぱらいをやったところを千鶴がつかまえ、説教して帰したところだったのだ。

——あの時の相棒は……。

見回すと……いるではないか。

百舌鳥の一の手下の顔をして百舌鳥の側に走り寄り、胸にぶらさげている小さな太鼓を持ち上げて、どこどこどこと叩きながら仲間を鼓舞している。

「アンコウ……」

千鶴は呆れ顔で口ごもった。

あの日、千鶴は十軒店《じっけんだな》に往診に行っての帰り、本銀町《ほんしろがねちょう》にさしかかったところで、蠟燭《ろうそく》問屋から走り出てきた二人の少年を見た。

二人とも両手に蠟燭を一本ずつつかんでいた。

「待て、泥棒」

二人の少年の後ろから、店の者たちが数人どたどたと追っかけて来る。

——泥棒……。

千鶴は、二人の少年が目の前に迫って来た時、

「待ちなさい！」

手を広げて立ちはだかった。

二人は、つんのめるようにして止まった。

「退け、邪魔するな」

叫んだ少年は、派手な女ものの襦袢を尻はしょりして、なんとも珍妙な格好だった。

蠟燭は花鳥を施した高価な物で、長さも一尺はある。太さも一本つかめばそれで掌がいっぱいになる代物《しろもの》である。

「馬鹿な真似は止めなさい。お店に返しなさい」

千鶴がそう言った時、少年の後ろから店の者たちが迫って来た。

「退けと言ったろう」

襦袢の少年は、苛立ちを右手の蠟燭に託して、それで千鶴を襲ってきた。

しかし千鶴は、なんなく体をねじってやり過ごすと、空振りして背を見せた少年の襟をつかみ、そのままぐいと後ろに引っ張って、地面に尻からどすんと落とした。

すかさず、蠟燭を握っていた手を捩じ上げて、その蠟燭を取り上げた。

「いてて、放せ」

すると、太った少年が、覆いかぶさるように、これも蠟燭を武器にして襲ってきた。

千鶴は、片方で襦袢の少年の腕を捩じ上げたまま、とりあげた蠟燭で太った少年の腹を突いた。

太った少年は大木が倒れるように横倒しに倒れると、急所を押さえてうめいている。当てが少し外れて、男子の急所を突いてしまったようである。

「二度としないと約束しなさい」

千鶴は二人を交互に見て叱りつけ、

「牢屋に入るのが嫌だったら、私のいう通りにするんですね」

二人の少年の耳元に脅しをかけると、追いかけて来た店の者に、

「この者たちはわたくしの知り合いです。ほんの悪戯心《いたずらごころ》で、こんなことをして、

今懲らしめてやったところです。どうか今度ばかりはお許し下さいませ」

頭を下げて、蠟燭代を弁償した。

店の者は不承不承だったのだが、相手が女だてらに立派そうな医師だと知って、二人を無罪放免してくれたのである。

その時、膨れっ面をしながらも、ぺこんと頭を下げ、名乗ったのが百舌鳥とアンコウという名前だったのである。

「百舌鳥、アンコウ。止めなさい！」

千鶴は二人の側に駆け寄った。

「ふん、あの時の女医者か」

百舌鳥が目を剝いた。

「いったい、何事です」

千鶴は、両耳を押さえて大声を出した。

すると百舌鳥も、負けじと大声で返してきた。

「戦争だ。見りゃあわかるだろ」

「馬鹿なことを。怪我ばかりか、命まで落とすことになりますよ」

「いいんだ。皆承知のうえだ」

「駄目です。お止めなさい。止めなければお役人を呼びます」

千鶴が百舌鳥の耳元に嚙みつくように言った時、和泉橋の上を町方の同心が岡っ引を連れて走って来るのが見えた。

「見てみなさい」

千鶴が指を差して知らせると、

「いけねえ……」

百舌鳥は、一同を見渡して叫んだ。

「役人だ……逃げろ！」

その声に、敵も味方も、蜘蛛《くも》の子を散らすように逃げて行った。

見事な撤退ぶりだった。

——まったく……。

困った連中だと、太い溜め息をついて土手の上に上がった千鶴は、そこに酔楽と五郎政《ごろまさ》が、にやにやして立っているのに気がついた。

「おじさま……」

「いや、なかなか面白かった」

酔楽は、からからと笑った。

「若先生、お医者にしておくのは、勿体《もったい》ねえ気《き》っ風《ぷ》だ」

酔楽に従っている五郎政もにやりと笑った。

酔楽は無頼《ぶらい》の医者だが、亡き父の友人で、千鶴を娘のように思っている御仁である。

五郎政は町のチンピラである。とはいえ今は、酔楽の家に住み着いて酔楽を親分と仰いで下働きをし、千鶴を若先生と呼ぶ一風かわったあぶれ者である。

「おじさま、御覧になっていたのなら、あの子たちを止めて下さればよかったのに」

「なあに、若い時にはああいう乱暴なこともやってみたいものだ、それでこそ男だ」

酔楽は事もなげに言い、楽しそうに笑うと、しかし何故お前が、あんな連中を知っているのかと、訝《いぶか》しい眼を向けてきた。

「なんだ、そんなことがあったのか」

和泉橋近くの団子屋に入った酔楽は、千鶴の話を聞くと、興味深そうな顔をした。

「それにしても、あの女襦袢を着ていた大将格の采配は、なかなかのものだった。いったいどこの倅《せがれ》だ」

するると、すかさず、五郎政が言った。

「親分、あいつは百舌鳥と呼ばれている野郎でして、浪人の息子ですよ」

「何、浪人の息子だと」

「へい、名を武藤安之助《むとうやすのすけ》というのですが、親父が亡くなってからは町のガキを束ねておりやして……」

「すると何か、そのガキどもから上がりを掠《かす》めて暮らしているのか」

「いえ、それが……」

五郎政は口ごもった。

千鶴を気にしている風だった。

「何だ、その先を言わんか」

「しかし親分、若先生の前ではどうも」

「何がどうもだ。お前がろくでもない奴だということは先刻承知だ。言ってみろ」

「へい、あいつは夜鷹の客引きで飯を食っているんでさ」

「何……おい、五郎政。お前、夜鷹を買いに行ったな」

「どうもすいやせん。飲んだくれの親分の世話ばかりじゃあどうもね。あっしも若い者でござんすから、つまり、息抜きも必要で……」

「馬鹿、咎《とが》めているのではないわい。して、あの百舌鳥のお勧めの女はどうであったのだ」

酔楽は、側に千鶴がいるのも忘れたかのように、くっくっと笑った。

「おじさま……いい加減になさいませ」

「千鶴……」

酔楽は首をすくめて、五郎政と苦笑いをして頭を掻くと、一転真面目な顔をつくって言った。

「まっ、あのガキどもがやっていたことは、少年なら一度はかかる麻疹《はしか》のようなものだ。案ずるには及ばんが、俺が心配するのは、町の本物の悪に目をつけられると取り返しのつかぬことになるということだ」

「……」

「お前も聞いているだろう。近頃の打ち壊しを……」

「ええ」

千鶴は顔を曇らせた。

長い間豊作が続いていたが、昨年は全国的に米の出来が悪かったようで、御府内はともかく、あちらこちらで、打ち壊しがあると聞く。

その先頭に立っているのは、困窮した百姓であったり、下層の町人だが、中にはその者たちを扇動して、己の利欲に走る不埒《ふらち》な輩《やから》がいるという噂もある。

騒ぎを起こすだけ起こして、途中で和解と称して役人側に取り入って、金を巻き上げ、後は知らぬ顔の半兵衛を決め込むという輩である。

最後には、この者たちは役人から追われることになり、犯罪人として全国に手配される。

そうなると、生きる道は、闇の世界でしかなくなるのである。

「そういう奴等に利用されるようになったら、ただの麻疹では済まん。人生を踏み外すことになる」

酔楽は言った。

千鶴は、俄《にわか》に胸に不安が広がるのを知った。

百舌鳥もアンコウも、人を威嚇《いかく》するような強いまなざしをちらつかせるが、そのまなざしの奥に潜む少年期のもろさを、千鶴はとっくに感じ取っていたのである。

先日かっぱらった蠟燭は、故買《こばい》の店に持ち込んで金にかえるのだとうそぶいていたが、夜鷹の客引きも同じこと……そんなことで、この先糊口《ここう》をしのげる筈がない。

「五郎政さん、百舌鳥の住家はご存じですか」

千鶴は、団子をほおばっている五郎政に聞いた。

「さあ、そこまでは……あの様子では、どこかの橋の下か、縁の下で暮らしているんじゃゃないですかね」

「……」

「若先生、あんな町のチンピラどもとは、関わらねえ方が身のためですぜ」

五郎政は、自分のことも忘れて言い、頭を搔いた。

二

「先生……先生、ちょっと待ってくれ」

新し橋を渡って柳原通りに下りたその時、その声はどこからか聞こえてきた。

千鶴は立ち止まって、辺りを見渡した。

下谷の武家屋敷に往診しての帰りであった。

お道は、朝のうちは治療院で千鶴の父桂東湖が残してくれた、診療日誌を整理していた。

東湖はこまめに、患者の家族構成や食生活、既往症などを記してあるのはむろんのこと、それぞれの患者の病気の状態、施した薬、その結果まで事細かに書き込んであり、いまは千鶴にとって、それがなによりの教本となっている。

そこに書かれている患者の多くが、いままた千鶴の患者となっているが、その人たちの過去の病歴や手当てなどを抜粋して整理するのを、千鶴はお道に言いつけていた。

そうして千鶴は一人で往診に出た。声を掛けられたのはその帰りだった。

新し橋には、赤茶けた弱々しい陽の色が残っているが、河岸は日の影が覆っていた。

千鶴は橋の袂《たもと》から下に下りる土手のあたりに、ひとかたまりになって靡《なび》いている茅《かや》のむこうに目を凝《こ》らした。

風に揺れる茅の間から、女ものの襦袢がちらりと見えた。

「百舌鳥」

千鶴は茅の一群に向かって呼んだ。

すると、茅がひときわ揺れたと思ったら、百舌鳥が現れた。

百舌鳥は追い詰められたような顔をして言った。

「先生、助けてくれ」

「何があったのです」

「とにかく、一緒に来てくれねえか」

「わかりました。案内しなさい」

千鶴は、百舌鳥の後に従った。

百舌鳥は、新し橋を渡って北の袂に下りると、そこから向柳原《むこうやなぎわら》の大路をまっすぐ北に歩を進めて、三味線池を過ぎ、林立する下谷の寺の一つ法浄寺に入った。

「ここに……」

千鶴が訊くと、百舌鳥は神妙な顔で頷いた。

すでに夕闇が押し寄せていて、境内にはひとっこ一人見当たらない。

「先生、こっちです」

百舌鳥の案内で、更に境内の奥に回ると、小さな閻魔堂《えんまどう》が建っていた。

「ここだ」

百舌鳥に言われて中に入ると、突然強烈な異臭に襲われて、思わず千鶴は口を塞いだ。

吐瀉物《としゃぶつ》の臭いだった。

「おい、アンコウ、先生を連れてきたぞ」

すでに薄暗くなっている堂の中に、百舌鳥が呼びかけた。

どうやらここが、二人のねぐらになっているらしい。

俄に片隅で動く物体を千鶴は見た。

「待ちなさい」

千鶴は急いで、治療箱から蠟燭を出し、火をつけた。

緊急の時のために、常備している蠟燭だった。

炎が燃え上がると、その灯の中に、大きな体を横たえているアンコウが映しだされた。

「吐きましたね。どうしました……」

千鶴は蠟燭を百舌鳥に手渡しながら聞いた。

「三味線池に浮いていた魚を食ったんだ。こいつは腹減らしだから、腹が減ったら手当たり次第に食っちまうんだ」

アンコウに代わって百舌鳥が言い、舌打ちした。

「死んだ魚を……生を食べたんですか」

「いや、このお堂の外で焚き火をして焼くには焼いたらしいけど、きっと生焼けだったんじゃないか。こいつをアンコウと呼ぶのは、何でも考えなしに食うからそう呼ぶんだ」

「まだ気分が悪いですか。おなかの具合は……」

千鶴は聞いた。

だがアンコウは、荒い息を吐いているばかりで、答える元気もないようだった。

その時である。

「七之助、あちこち探したが薬はない。早く医者に……」

と言いながら手燭を持って入ってきたのは、中年の坊さんだった。

「和尚様」

意外にも、百舌鳥は素直な声でその和尚を呼んだ。

「これは……お医者か」

和尚は千鶴を見て驚いたようだった。

「桂千鶴と申します」

千鶴が答えると、

「それはよかった。お医者殿、この者を助けてやっては貰えまいか。私はこの寺の住職だが、この者たちは見かけほどの悪ではない。私が保証する」

和尚は言った。

「承知致しました。でも、ここで治療は出来かねます。わたくしの治療院まで運びたいのですが……」

どうしたものかと思いながら答えると、和尚はすぐに本堂に引き返して、戻って来ると、いま弟子たちに大八車を頼みにいかせた、それに載せて運ぶがよろしかろうと千鶴に言った。

和尚は浮浪者のようなこの少年二人の、頼もしい拠《よ》り所のようであった。

白々と夜が明け始めると、治療院の庭では鳥のさえずりが始まる。

庭にある数え切れない程の草木の花や実を狙って、朝食にありつこうということらしい。

千鶴は、診療室の庭に面した廊下の戸を開けて、深い息を吸い、振り返って診療室で眠っているアンコウを見た。

寝不足の真っ赤な目を凝らして、アンコウの寝顔を見守っているのは、百舌鳥だった。

千鶴も百舌鳥も、夕べアンコウをここに運んできてから、一睡もしていなかった。

大八車を押して、アンコウをここに運んで来たのは、寺の若い僧と百舌鳥だった。

すぐに診療室に運び、お道やお竹にまで手伝わせて、薬を与えて腹の中の物を外に吐き出させ、その上で、傷んでしまっている胃や腸のための薬を調合し、アンコウに飲ませたのであった。

なにしろ少年といったって五尺六寸もある巨体である。その上ぐったりした重い体は扱うのも大変で、ひとつひとつの治療を施すたびに、千鶴は人の手を借りねばならなかった。

アンコウは悪いものをすっかり外に出したものの、併発した熱は容易に下がらず、安心は出来なかった。

結局千鶴は、逐一《ちくいち》病状を見守って、ついに夜が明けるまでつき添った。

「まったく、どこまで人に世話をやかせるのかしらね、先生……」

千鶴と共に夜を明かしたお道が、疲れ切った顔で、側にいる百舌鳥に視線を流してチクリと言った。

「すまねえ……」

百舌鳥は素直に頭を下げた。

今回ばかりは消沈し、困り果て、一心に相棒の無事を祈っているという風だった。

そんな百舌鳥の意外な素顔を見るのは、これが初めてではなかった。

治療が一段落した夜半のこと、お竹が遅い夜食をつくって運んできた時だった。

握り飯と香のものの、簡単な夜食だったが、相棒につきっきりの百舌鳥を気の毒に思ったお竹が、

「さっ、あんただけでも食べなさい。遠慮しないで」

百舌鳥の前に置いた。

すると百舌鳥は、

「心遣い頂いて、申し訳ねえが……」

いっぱしの大人びた口調で頭を下げて、

「あれほど口いやしいアンコウが、病で何も口に出来ねえ時に、俺だけが食うわけにはいかねえ」

などと言い、盆の上の握り飯を羨ましげに睨《にら》んでみるが、けっして口にはしなかったのである。

「なんだかんだ言っても、子供らしいところがあるのねえ」

お竹が部屋を出ていく時に言ったひとことが、疲れ切った千鶴の笑いを誘ったのだった。


「先生、アンコウが目を開けました」

百舌鳥は大声を上げた。

走りよって側に座ると、アンコウは千鶴を見上げて、

「先生、俺は生きているのか……助かったのか……」

泣きそうな顔をして、辺りを見渡した。

「アンコウ、お前は幸せな奴だ。こんな立派な先生に診てもらってよ、運のいい

奴だぜ」

百舌鳥は、赤い眼でアンコウを見詰めながら鼻を啜《すす》った。

「いいですか、もう、なんでもかんでも口にしては駄目ですよ。とにかく、数日はここで養生しなさい。いいですね」

千鶴が諭《さと》すように言うと、

「こうしちゃあいられねえや、先生、俺はちょいと仕事がある。すまねえが、このアンコウを頼むよ」

百舌鳥はそう言って、すっくと立ち上がった。そして、何を尋ねる暇もなく出ていったのである。

「いっぱしのことを言って、いったいどんな大事が待っているというんでしょうね」

お道は、不信の顔で百舌鳥を見送った。

医師の弟子となり、けっして清潔とばかりはいえない患者の体にも触れ、化粧や衣装に目を奪われることもなく、ひたすら修行に励むお道にしてみれば、二人の行状には眉を顰《ひそ》めたくなるようだった。

お道は大店の呉服屋の娘である。

そんな家の娘が、よりにもよって医者になりたいなどと言い、日夜千鶴のもとで励んでいるのである。

その背景には、大店育ちとはいえ、厳しい両親の躾《しつけ》の中で成長してきたという、そのことがお道を支えている。

そんなお道からみれば、もうこの子たちの年頃には、自分は医師になりたいという強い意志があったと思えば、いかにもだらしなく映るのであった。

二人の様子は、お道には『異種』としか映らないようだった。

「お道っちゃん」

千鶴は笑みを浮かべてお道を軽くたしなめてから、今度はアンコウに向かって言った。

「ここにいる間は、私たちのいう通りにして貰いますからね。いいですね」

三

「ほんとにまあ、こんな立派なお屋敷にお住まいの先生に、脈をとって貰えるなんて、徳三《とくぞう》も幸せ者でございますよ……千鶴先生でございますよね」

翌日、百舌鳥が連れてきた女は、玄関に入った時から、奥を覗いたり辺りをじろじろ見渡したりで、無遠慮に品定めをしながら診療室に入ってきて、おおげさにびっくり眼《まなこ》をつくると、千鶴に訊いた。

百舌鳥の相棒アンコウは、診療室の奥の隅に、屏風《びょうぶ》でしきって寝かしていた。女は名前も名乗らず、徳三だのなんだのと勝手にしゃべって、千鶴が怪訝《けげん》な顔で頷くと、

「失礼致しました。あたしはお咲《さき》と言いますのさ。徳三というのはアンコウのことですよ、で、こちらは武藤七之助《しちのすけ》と言いますのさ」

お咲と名乗った女は、アンコウは徳三で、百舌鳥は武藤七之助だと言ったのである。

「おや、二人とも名前をお伝えしてなかったのでございますか」

お咲は千鶴に念を押し、

「駄目じゃないか、ちゃあんと名前を言わなくっちゃ」

今度は畏《かしこ》まって座っている百舌鳥に向かって言い、

「すみませんね、悪気はなかったと存じますよ。許してやって下さいまし」

膝を直して頭を下げた。

歳は三十半ばかと思えるが、縞の着物の襟を大きく抜いて、白く塗った首をに

ょきりと出し、斜めに座ったその姿は、どう見てもまともな商売ではなく、一見して夜鷹とわかる女だった。

ただ、口数は多そうだが、気立てはよさそうな女だった。

「それで、お咲さんは、アンコウ、いいえ、徳三でしたね。徳三さんのお見舞いに？」

「はい、それもありますが、治療代をお支払いに参りましたのさ」

と言う。

「では、どちらかの身内の方ですか」

「いいえ、赤の他人だけどさ」

と言ったが、すぐに、

「まっ、身内といえば身内のようなものかもしれませんね」

にやりと笑って言い直し、

「どっちにしたってこの子たちには、私のような者しか親しい者はいないんだから……で、ねえ先生、おいくらなんでございましょうね」

お咲は、帯に挟んでいた巾着《きんちゃく》を、紐を引っ張って取り出した。

使い古した巾着の中が、じゃらじゃらと鳴った。

「お咲さん、徳三さんはまだ治療中です。ですから、すっかり良くなってからでもよろしいのですよ」

千鶴は、やんわりと無理をしなくてもいいのだと言った。

お咲は二人とは血の繋がりがあるわけではなさそうである。その女が、おそらく体を張って稼いだ金で、治療代を払うと言う。

千鶴の胸は、きゅんと切ない思いで満たされた。

むろん千鶴は、治療代を少年たちに出してもらおうなんて最初から考えてはいなかった。

そのことを伝えると、

「いえいえ、それはいけませんよ、先生。じゃ、こうしましょう。今日はあたしが有り金全部置いていきます。それで、足りない分は、この子たちから、しじみ売りでも人足でも、なんでもして働いて払わせます。この子たちのためですからね、それで手を打って頂けますか」

お咲は、巾着ごと千鶴の前に置いた。

「でも……よろしいのですか」

千鶴が迷いながら、お咲を見返した時、

「おっ、そこにいるのが評判の悪ガキか」

廊下に足音がしたと思ったら、求馬がにこにこして診療室に入って来た。

「なるほどな……」

更に求馬は屛風のむこうで寝ている徳三をちらと見て、千鶴の近くにどかりと座り、今度は七之助を見て、

「なるほど、かっぱらいと喧嘩に明け暮れる少年とは思えんな。いい面構《つらがま》えだ」

笑って言った。

「旦那、かっぱらいや喧嘩ばかりじゃありませんのさ。この子たちは客引きまでやってるんだよ」

お咲は、 こともなげに、いやむしろ得意げに言った。

「客引き……」

きょとんとして見た求馬に、

「ええ、夜鷹のね」

「……」

「驚いたようだね、旦那。あたしたちのような者とつるんだら、一生まともな人間の仲間入りは出来やしない。それを口を酸っぱくして言うんだけど、聞きやし

ない」

お咲は大きな溜め息をつき、口をへの字に曲げて困った顔をつくっている百舌鳥こと七之助をちらりと見遣ると、まるでわが子のことを愚痴《ぐち》るように、

「そうはいっても、二人とも言うに言われぬ事情があるんですよ」

襟を合わせるように手を添えると、急にしゃんとした顔付きで、その事情とやらを話し始めたのである。

まず百舌鳥こと七之助は、浪人武藤安之助の遺児で、数年前に両親に先立たれて、天涯孤独の身となったこと——。

そして徳三は、深川の材木商の息子だが、父親が母の死後に若い後妻を娶《めと》ったことから、それに反発して家出をしているのだと——。

「夜鷹の客引きなんぞになったのは、もともとは、あたしの先輩のおちか姉さんが、浅草寺で悪さをしようとしていたこの子たちを連れて帰ってきてからのことでしてね。いえ、おちか姉さんが勧めたんじゃありませんよ、この七之助が、客を連れて来るから歩合をくれって、いっぱしの口をきいてさ……それが始まりなんですよ。姉さんはこの子たちを、わが子のように可愛がっていましたからね」

お咲がいったん息を継ぐと、じっと聞いていた求馬が七之助の目をとらえて言

った。

「七之助と言ったな。事情はわかったが、客引きの歩合をとるなど、草葉の陰で親父殿が嘆いているぞ。武士の倅ともあろう者が……どうだ、そろそろ大人の仲間入りをする年頃ではないか。ここらで一度考え直せ」

「それはできねえな」

七之助は、揺らぎの一つもない言い方をした。

「何故だ」

「俺たちは、おちか姉さんの敵《かたき》を討たなきゃならねえんだ」

七之助は、光る眼で求馬を睨んだ。

「敵……聞き捨てならん話だな」

「斬り殺されたんだ、侍に」

七之助は怒りを押さえ切れないのか、発した声音には激しいものがみえた。

「相手はわかっているのか」

「だいたいの見当はついた……俺の目に間違いがなければな」

ひと月前のことだった。

蒸し暑い晩だった。

客引きをしていた百舌鳥とアンコウは、柳原の河岸の水際で足を水に浸して一服していたが、数間先の水際に茶舟のような小さな舟を繋ぎ、舳先《へさき》に明かりをともして主《あるじ》を待っている中間《ちゅうげん》を見た。

中間は、力士のような大男であった。

月は出ていたが弓月で光は細く、中間は灯の光のおかげでこちらからは見えたが、向こうからはこちらの二人の姿は闇に紛れて見えていない筈だった。

――あの中間の主も、夜鷹を買いにきたのだな。

見るとはなしに気になって見ていると、まもなく頭巾《ずきん》を被った武家が小走りに戻って来た。

妙に慌てたその足取りを怪訝に思った七之助が、目を凝らしていると、

「夜鷹のくせになまいきな。この俺に恥をかかせるとは……成敗してやった」

武家は、憤然と言いながら船に乗った。

「殿様、とどめはさしたのでございましょうね。生かしておけば、後々面倒でございやす」

「なあに案ずるな、一刺しだ」

「それはよろしゅうございました。しかし、もうご酔興は、おやめなされませ」

「まったくだな。げてもの食いも今夜限りだ」

二人はそんな言葉を交わすと面白そうに笑いあって、岸を離れて行ったのである。

「アンコウ」

七之助の胸に、小さな不安が顔を出した。

「百舌鳥」

アンコウの声音にも、不安の色が宿っている。

二人は急いで、おちかの筵小屋《むしろごや》に走った。

小屋といっても、竿竹《さおだけ》を真ん中で折ったもの二つを、地面に突き差し、それに筵をかけただけの簡単なものだった。

そこに二人が走りよると、小屋はぺしゃんこになっていた。

急いで筵をとっぱらうと、裾を乱したおちかが、殺されてあお向けに転がっていたのである。

二人は呆然とおちかの死体を見下ろしながら、

――敵はとってやる。

そう誓ったのである。

「町方には届けたのか」

求馬が聞いたが、七之助は鼻で笑って目をそらした。

代わりにお咲が横から口を挟んできた。

「届けましたよ。でもね、旦那。夜鷹の一人や二人殺されたって、町方は、ああそうか、気をつけろ……こうでございますからね。あたしたちを人間とは思っていないんだから」

「うむ……で、敵の素性は知れたのか」

「まあな」

七之助は、ぎらぎらした目を求馬に戻した。

「まことか……」

「侍の方じゃない、中間の方だが、ほぼ間違いねえ」

「……」

「旦那、俺には一声かければ動いてくれる仲間がいるんだぜ。そうだな、ざっと二十人はいる。そいつらに盛り場という盛り場の見回りを命じたんだ。そしたら、水茶屋の女に岡惚れして、三日にあげずそこに通う中間をつきとめたんだ。おちか姉さんを殺した武家を見つけるのも時間の問題だ」

　町方なんぞに頼まなくても、俺たちで殺《や》る……七之助は胸を張った。

　七之助が言ったその男というのは、両国の西詰めに並ぶ水茶屋のひとつ『萩尾』に入った。

　七之助が言っていた通り、中間はざっと見て二十六、七貫目はあろうかと思える大男だった。

　その巨体を店の一番奥の椅子に落として、かれこれ半刻あまりの間に、茶を飲み、団子を頬張りして、側を通る店の女たちに、冗談とも本気ともつかぬおべんちゃらを並べ立てていたが、腰を上げたのは通り雨が過ぎた後だった。

　求馬は、隣の水茶屋の腰掛けに座り、葦簀《よしず》のこちらから中間の様子を逐一観察していた。

　七之助は向こうの店の軒下から、身動《みじろ》ぎもせずに中間の動向を見張っていた。

　中間の女が、おみのというぽっちゃりとした女だとわかったのは、店を出てくる中間に、表までつきそって見送りに出てきたからだった。

おみのは、ちらっと空を仰いで、掌を外に突き出して雨の止んだのを確かめると、すっと男に体を寄せて、その腕にさりげなくぶらさがって、

「余所《よそ》のお店には行かないで……約束してよね」

思わせ振りな言葉を贈った。

「余所になんぞ行くもんか、おめえが目当てだ。じゃあな」

中間は、おみのの尻を遠慮なくひと撫でするると、女の家から帰って行く情夫《まぶ》よろしく、店の外に踏み出した。

「玄次《げんじ》さん」

おみのは、何かを思い出したらしく、中間の背に声をかけると、急いで店の中に走り込み、煙草入れを持って出てきた。

「忘れ物……駄目じゃない」

からみつくような目を玄次に送ると、未練をふっきるような笑みをみせ、また店の中に戻って行った。

おみのに玄次と呼ばれた中間はだらしなくにやりと笑って、煙草入れを懐にしまうと水茶屋を後にした。

その後を、派手な女襦袢を着た男が尾ける。

七之助であった。

そして求馬も、七之助とその先を行く玄次を視野に入れながら、ゆっくりと尾けて行く。

雨上がりの大路は、瞬く間に人の往来で賑やかになっていた。

だが、再び降り出しかねない雨を心配して、足早に行き来する。

しかし、玄次の巨体も、七之助の女襦袢も、見失うことはなかった。

二人ともあまりに目立ちすぎて、尾けている自分も人の目につきはしないかと、時々辺りを見渡したほどだった。

玄次は、両国橋の水茶屋を出ると柳原通りを西に向かい、昌平橋《しょうへいばし》を渡り、左手に聖堂の石垣の塀が続く昌平坂に入った。

七之助も坂道に折れたのを確かめてから、求馬もやや間を置いて、坂道に向かった。

「やっ」

坂道の途中で、七之助が羽交《はが》い締《じ》めにされたまま、坂の右手に広がる町家の物陰に引き摺りこまれようとしているではないか。

七之助は気丈にも、引き摺られながら、

「お前の主人は人殺しだ。俺はその証拠を握っている。俺を殺してみろ、俺の仲間がすぐさまそれを持ってお上に訴え出ることになっているぞ」

わめき散らしていた。

「待て」

求馬は叫びながら坂を駆け上がった。

一瞬遅く、玄次は、七之助の腕を捩じ上げていた。

骨の折れるような音がした。

「いててて」

七之助が苦悶の声を上げてのたうち回っているのを尻目にして、玄次は坂の上からうなり声を上げると、覆いかぶさるように両手を広げて、求馬に襲いかかってきた。

面前に玄次の体が近づいた時、求馬はすいと躱《かわ》してやりすごしたが、意外にも玄次はすぐに、くるりと向き直ると、求馬の体をつかまえようとして手を伸ばしてきた。

躱そうとしたが、今度は遅かった。

腕をつかまえられて、ぐいと引き寄せられた。

まるで、大人が子供の手をつかまえて引っ張ったような按配《あんばい》である。求馬は、玄次に引き寄せられるとみせて、その腹に、膝蹴りを打った。求馬の膝は腹には届かなかったが、急所に当たった。

玄次は、うさぎが跳ぶようにぴょんぴょんしながら、坂の下に転げるように移動し、そこから西に向いて逃げた。

「求馬の旦那……」

後ろで弱々しい声がした。

振り返ると、痛みのために顔を蒼白に染めた七之助が、折れた腕をぶらぶらさせて、よろよろと近づいてきた。

「何て世話の焼ける人たちなんでしょうね」

お道は、ぎゅっと七之助を睨むと、千鶴の指導を受けながら、腕に当てた添え木の上から、ぐいぐいと包帯を巻いていった。

「痛い……お道さん、痛いよ」

七之助が顔をしかめる。

「何言ってるの。アンコウが食中《しょくあた》りで運ばれてきて、ほかの患者さんにずいぶんと迷惑かけてるんですよ。その上に今度は往診まで断って、これでしょ。先生が甘いからって調子にのって、いい加減にしなさいよ。ほんと……疫病神《やくびょうがみ》」

お道は、本気で怒っていた。

実際、お道は二人のことで、普段の倍も忙しく働いている。

「その通りだ。お山の大将を気取っていても、しょせんまだ子どもだ」

詰めが甘いとばかりに求馬が言った。

お道にまで子ども扱いされて口をとんがらせていた七之助は、求馬の言葉でがっくりと肩を落とした。

七之助は、自分には大人顔負けの才覚が備わっていると自負していた。世間のきまりなど自分には無関係、今日を生きられればいいという、行き当たりばったりの日常を送ってきた。

しかし千鶴をはじめ、この治療院の人たちとの接触で、七之助は人との交わりの大切さ、暖かさなど、忘れていた人の情を思い出していた。

あの、殺されたおちか姉さんと同じだ。厳しいことを言われても、不思議に腹が立たない。むしろ叱られたり厳しく言われたりすることで、心の中で行き場を失っていたあるものが、しずかに満たされていくような、そんな不思議な思いを七之助はしていたのである。

求馬は、七之助の表情を読み取るように、静かに訊いた。

「七之助、お前はおちか殺しの動かぬ証拠を持っていると叫んでいたな。証拠とは何だ。何を持っているのだ」

「……」

「本当にそんな証拠があるのなら、町方も無下には放っておけぬ筈、何なら俺がお前にかわって町方に届けてやってもよいぞ」

しかし七之助は、これだけは言えぬというように口を閉じて、求馬に視線をとらえられないように、お道の巻く包帯を見つめている。

「言えぬのか……」

求馬は苦笑したが、ふと鼻をひくひく動かして、

「臭いな……そうか、七之助、お前だな。風呂にも入らず、その着物も着た切り雀だ」

じろりと、七之助の襦袢を見て、

「おい、その袖、玄次のおかげでとれそうではないか。どうだ、この際、そんな奇体なものは脱ぎ捨てて、まともな格好をしてみては……」

「……」

「求馬様のおっしゃる通りですよ。せめて、一度洗ってから、破れたところは繕《つくろ》って……お竹さんに洗ってもらいましょう」

千鶴も求馬に相槌《あいづち》を打ち、七之助の袖をつんとひっぱった。派手な柄や仕立ての仕方から、その花襦袢は夜鷹から貰ったものに違いなかったのである。

「嫌だ」

七之助は突然大きな声を上げた。乱れた襦袢をかき合わせるようにして身を固くして、警戒心いっぱいの目を向けてきた。

「わかった……」

千鶴は、はたと気がついた。

「その襦袢、おちかさんの形見なんですね」

「……」

「そう……そうだったの。でも、それならなおさら、一度綺麗に洗って」

「いらん。このままでいい」

「七之助さん……」

「姉さんの敵をとるまではこのままでいい」

「……」

「先生、俺にとっちゃあ、おちか姉さんはおっかさんのような人だったんだ。姉さんに初めて会ったのは浅草寺だったが、俺とアンコウが腹を空かせているのを知ると、姉さんは自分の長屋に連れていってくれたんだぜ……見ず知らずの、初めて会った俺たちを……」

　七之助の脳裏には、おちかの後ろに従って、神田の佐久間町の裏店に連れていってもらった時の様子が、思い出される。

　おちかは、殺風景な貧しい部屋に二人を上げると、

「待ってな、すぐだからね」

　母親のような口をきくと、袖の袂を帯に挟んで、かいがいしく台所と外の井戸端を行き来していたが、

「さあ、おあがり。こんなものしかないけどさ、腹の足しにはなるんだから」

　冷や飯と、香の物と海苔《のり》をかけたとろろ汁を出してくれた。

「御飯はこれだけだけど、とろろ汁はほら、こんなに作ったんだから、腹一杯おたべ」

　おちかは、にこりと笑ってみせた。

「ご馳走になります。俺たち二日も飯にありついていなかったんです」

百舌鳥こと七之助は頭を下げた。するとアンコウの徳三も頭を下げて、二人はちらっと顔を見合わせると、とろろ汁に飛びついた。

物も言わずにとろろ汁三杯と椀の飯を平らげたが、あと一杯のとろろ汁のおかわりをどうしようかと考えていると、

「さあ、お食べ」

おちかは手を出して、七之助と徳三の椀にもう一杯とろろ汁を入れた。

「おちかさんは、食べないのか」

「あたし……あたしは、あんたたちが食べてるのを見ているだけで幸せなんだから……実はね、あたしも昔は所帯を持っていたからさ、ちょうどあんたたちの年頃の倅がいたんだ……あんたたちを見ていると、倅のような気がするのさ。だから遠慮はいらない。さあ……」

おちかに促されて、二人は一気に最後の汁まで吸いきった。

七之助は、そこまで話すと、千鶴の顔を見て言った。

「あんなうまい汁は、初めてだったんだ……そのおちか姉さんが、殺される少し前に、俺の着物があんまり汚いのを見て、よかったら使いなよ、そう言って、一

番綺麗な襦袢をくれたんだ。だからこの襦袢は、肌身からはなせねえ」

千鶴は溜め息をついた。

どうあっても、汚れて破れている襦袢を着ているというのである。

「じゃあね、そのうちにね。一度洗濯して綺麗にしないと……」

千鶴が諦め顔でそう言った時、お竹が青い顔をして入って来た。

「求馬様、表にいま、変な人が、うろうろしていたんです」

と言う。

「変な人……どんな奴だ。ひょっとして、大男か」

「はい」

――玄次だ……。

玄次に違いなかった。

四

白い霧が晴れ、俄に陽の光が差し込んできた早朝、千鶴の治療院に、あの玄次が仲間を引き連れてやってきた。

昨夜は遅くまで求馬が用心のために待機してくれていたのだが、お竹が言ったうろんな人間は、その後治療院の前に姿を現さず、求馬も夜半すぎになって帰宅した。

ほっとしたのも束の間だった。

「引き渡して貰いたい人間がここにいる」

玄次は、名も名乗らずに、無遠慮に言った。

玄次の両端に従っているのは、どうやら同じ中間仲間かと思われた。いずれも屈強な男たちだった。

「はて、お名前もおっしゃらずに、ここにいる者を出せとは不躾《ぶしつけ》な……ここは治療院ですよ」

「よし、名乗ってやる。俺は玄次というが、こちらで治療を受けている百舌鳥とかいう若造を貰い受けたい」

「そのような者は、当家には来ておりません」

千鶴は、ぴしゃりと撥《は》ね返した。

「何……出せねえってのか」

玄次は、やくざのような口調で言った。

「出すも出さないも、おりません」

「おい、かまわねえから、家捜しをしてくれ」

玄次が、両端の男たちに顎で促した。

いきなり上がりこもうとした男たちの前に、千鶴は立ちはだかって、言い放った。

「お待ち下さい。もしも、その者がいなかったら、どうしますか。人の家に勝手に入り込んで、ただでは済みませんよ」

「ほう……どう許せないってんだ」

玄次は、面白そうに言い、顔を寄せてきた。

「お奉行所に訴えて、処罰してもらいます」

「かまわん、探せ」

玄次は合図を送ると、自ら玄関から廊下に出て、診療室に入った。

「あっ……」

見迎えたお道は、立ち上がったが、恐怖のために凍りついたように突っ立っている。

玄次は険しい目でじろりと見渡すと、立てかけてある屏風を見て、ゆっくり進み、いきなりその屏風を引き倒した。

「ちっ」

舌打ちして見下ろしたその場所には、布団が積み上げてあるだけで、百舌鳥たちの姿はなかった。

玄次は用心深く見渡すと、

「どこにやったのだ。隠し立てをするとためにならんぞ」

今にもつかみかからんばかりの形相である。

しかし、千鶴は負けてはいなかった。

「もう納得したのではありませんか。これ以上無茶なことをするようなら、私が許しません。斬り捨てます」

「なんだと」

「この治療院は、ただの治療院ではございませんよ。お奉行所とも深い繋がりがございますし、上様から拝領した小太刀もございます。甘くみては後悔しますよ」

大言壮語して、ここは牽制してみせる。

玄次の顔色が変わった。

「千鶴先生、求馬さまが案じられて、来て下さいました」

お竹が走って来て告げた。

「求馬様が……」

千鶴が尋ねる間もなく、気丈夫な足音が廊下にして、求馬が現れた。

「いかん、引け」

玄次は求馬の顔を見ると、慌てて玄関に走り去った。

あたふたと門を出ていく男たちの音が聞こえたが、やがて普段の静けさが戻ってきた。

「やっぱり来たのか」

「はい。でも求馬様が来て下さって命拾いを致しました」

「で、あの二人はどうした」

「はい。昨夜求馬様がお帰りになった後で、庭の薬草小屋に移ってもらいました。まさかとは思いましたが、危ないところでした」

千鶴は笑って、

「お道ちゃん、二人にもう大丈夫だって知らせてあげて下さい。それから、またこちらで養生するようにと……」

千鶴はお道に言いつけると、

「求馬様、七之助さんは、何の証拠を持っているというのでしょうね。動かぬ証拠って、何でしょうか」

「うむ……腹を割ってしゃべってくれればいいのだが……」

求馬が溜め息をついた時、

「あれかしら」

治療室の準備をしていたお竹が言った。

「あれって、何か、お竹さん、知っているのですね」

「いえね、アンコウさんが食中りで吐いたでしょう。着ている物も洗濯しなくちゃならないから、着物を脱がせた時でした。横から手が伸びてきて、その着物をとられたんです。誰かと思ったら百舌鳥さんで、着物の襟を解いて慌てて取り出したものがあったんです」

「まあ……」

「縫い込んでいたんですね、襟に……それが根付けだったんです」

「根付け……」

千鶴は聞き返して確かめると、求馬と顔を見合わせた。

「それも……」

お竹はいったん、口ごもるが、

「ギヤマンの根付けで、裸の女が横たわっている透かし玉で」

「そうか、そんな物を隠し持っていたのか」

「求馬様」

千鶴が緊張した顔で見た。

「証拠だ。動かぬ証拠とはそれだ。きっとな」

求馬は、してやられたというような顔をした。

「千鶴先生」

その時、庭の薬草小屋に走ったお道が一人で戻ってきた。

「どうしました……二人は」

「おりません。かわりにこんなものが……置き手紙です」

お道は、一枚の紙切れを差し出した。

千鶴先生
もう一人のおちか姉さんに会ったような気がしておりました。
しかし、これ以上迷惑はかけられません。

アンコウを連れて出ます。

ご恩は一生、忘れません。

百舌鳥より

置き手紙には、そんな文字が走っていた。

「七之助……」

千鶴は、胸を熱くして、その置き手紙を求馬に渡した。

「ほう、武家の子らしく、文句も殊勝なものだし、手跡もしっかりとしたものだ」

求馬は一読して感心した。

「ええ」

「しかし百舌鳥とは、よくつけたものだな。百舌鳥は小さな鳥だが、常に高い枝から見下ろして、自分の縄張りを守っている。侵入者がいれば死に物狂いで戦うのだ。あいつにそっくりじゃないか」

「でも感心ばかりしてはいられません」

「うむ」

「こうと思ったら見境なく挑んでいく、あの気性が心配です」

不安が胸を瞬く間に覆っていく。もはやじっとしてはいられない。

不安は不安を呼び、巨大で頑固な暗雲となる。それを取り除くには、自身で二人の行方をつかむしかないと千鶴は思い始めていた。

厄介ばかりかけられた二人だったが、だが憎めないものを持ち合わせていたのも事実だった。

「このまま放ってもおけぬな」

求馬は置き手紙を千鶴の掌に戻しながら言った。求馬もまた、同じ思いをしていたのである。


千鶴は、本堂の側まで引き返して来て、振り返った。

やはり老住職は、まだ閻魔堂に立っていて、千鶴を見送っていた。

千鶴が頭を下げると、老住職は手を合わせた。

「いつでもこの堂に戻ってこられるように……いや、あの子たちが自分から望むのなら、この寺で修行させても良いと考えているのじゃが」

住職はそんなことを言って、行方知れずになったと千鶴から聞いた二人のことを案じてくれた。

千鶴はもう一度住職に頭を下げると、表門に向かった。

七之助と徳三が姿を消してからまる二日が経つ。

かつて暮らしていたこの寺の閻魔堂には、多分戻っていないと察せられたが、念のために往診の帰りに立ち寄ってみたのである。

すると、閻魔堂の前には住職が佇《たたず》んでいた。

やはり堂の中は空っぽで、アンコウの徳三が食中りで千鶴の治療院に運ばれたあの日以来、立ち帰った形跡はないと住職は言うのであった。

千鶴がかいつまんで事情を話すと、二人の安否を気遣う住職は、とりわけ百舌鳥の七之助の人柄に惚れこんでいたらしく、千鶴の知らない七之助の一面を教えてくれたのである。

住職の話によれば、七之助は堂をねぐらにさせてもらっているお礼だと言い、寺の庭に茂る草を刈り、古池の水を取り換え、境内の掃除を買って出ていたらしい。

「あの律義さ、時折見せるどきっとするほど辛辣《しんらつ》な世の中への洞察ぶり……おそらく武家の出に違いないと見ていたのだが……」

しかし何処にいるのでしょうなと、住職は無念そうに言ったのである。

千鶴は、千鶴の知らない七之助の一端を見せられて、しかしそれが、いかにも七之助に相応《ふさわ》しく思えてくるのが不思議だった。

――なんにしても、ひとつひとつ心当たりを当たるしか方法はない。

千鶴はその足で、お咲の住まいに向かった。

お咲も殺されたおちかと同じ裏店に住んでいた。

路地に入ると、すでにそこには陽の陰りが覆い始めていて、埃《ほこり》まみれの男児二、三人が、竹馬を取り合って遊んでいたが、千鶴が路地に入って行くと、はにかんだ視線を送って来た。

「この長屋に、お咲さんて人が住んでる筈だけど……」

千鶴が尋ねると、あっち……と言うように、年長の男児が奥の一軒を差した。

「ありがとう」

千鶴がにっこり笑うと、三人は縺《もつ》れるようにして木戸の外に走り出ていった。

「百舌鳥とアンコウがいなくなった……ほんとですか」

お咲は、上がり框《かまち》で千鶴を迎えると、びっくりした顔をしてみせた。

乳房が見えるほど襟を抜いている。首に白粉《おしろい》をほどこしていたらしく、けばだった座敷に鏡掛けが立ててあり、それに、使いこんだ手鏡が載っていた。

そのまわりには、水を張った金だらいや、化粧の道具が無造作に並べられている。

「御免なさい、お化粧していたのですね」

「いいんですよ、先生。どうせ暗闇で見せる化粧ですからね」

お咲は、屈託なく笑ってみせた。

夜鷹をしていることを強《し》いて隠すわけではなく、あっけらかんとしているのが、千鶴などにはかえって切ない。

「まあとにかく、先生、上がって下さいましな。あたしも、ちょいと気になることがありましてね、明日にでも、先生をお訪ねしようと思っていたところですよ」

お咲はそう言い、千鶴に上がれと促した。

「いえ、長居も出来ません。ここで……」

千鶴は、上がり框に腰を据えた。

ちらと見渡した限りでは、化粧道具の他は古い茶簞笥《ちゃだんす》が一つあるだけの、春をひさいで暮らしてきたわりには、これといった持ち物もない貧しい暮らしが窺えた。

「実はですね、昨夜……じゃなかった、その前の晩ですけど、七之助がふらっとここにやって来たんでございますよ」

お咲は団扇《うちわ》で、自分の首筋を扇ぎ、千鶴を扇ぎして言った。

「七之助さんがこちらへ」

「はい……中間の主の正体がわかったって。それがあなた、大変な大物だったと言いましてね」

「大物ですか……その主の名は？」

「それは教えてはくれませんでした。でもこれで、おちか姉さんの敵はとれると言いましてね」

「……」

「ただ、相手も躍起になって俺たちを探している。身の危険を感じるようになった。それで、家族のいるアンコウだけは家に帰してやることにしたんだって」

「そう……徳三さんは深川の材木商が実家だと聞いていますが、お店の名はご存じですか」

「堺屋さんと聞いています」

「堺屋……すると、徳三さんはその実家に帰ったんですね」

「多分。それで七之助は、敵は自分一人でとると……」

「……」

「帰りがけにこんなこと言ったんですよ。姉さん、姉さんには今まで世話になった、ひとことお礼を言っておかなくちゃな、なんて。あたし、その言葉が妙に気になって」

「じゃ、七之助さんについては、どこに行ったのかわからないのですね」

「ええ……先生、お奉行所はなぜ、人を殺すような、そんな悪い奴を放っておくのでございましょうね。あたし、あんないい子にもしものことがあったら、かわいそうで。先生、助けてやって下さいまし」

お咲は、団扇の柄を挟むようにして、千鶴に手を合わせていた。

五

「千鶴殿……」

求馬は立ち止まると、目の前に見えてきた材木商『堺屋』の暖簾《のれん》を目顔で差した。

濃紺の長い暖簾に太い白字が染め抜かれた屋号には、材木商として確たる地位にあるという威厳のようなものが窺えた。

お咲の話によれば、アンコウこと徳三は、この大店の跡取り息子だというのだから驚きである。

その徳三に会って、ぜひとも七之助の居場所を聞かなければならない。それに、七之助がつかんだという大物の正体も、徳三は知っているのかもしれないのであった。

徳三の着物の襟に七之助が縫い込んであった根付けについては、求馬が酔楽に話をしてみたところ、好者《すきもの》が欲しがるその手のものは、根付けや煙草入れに限ったものではなく、好者のために彫りを入れるそれ専門の職人がいる筈だということだった。

その職人の方は、酔楽の家にいる居候の五郎政が、今当たってくれている。

七之助が中間の玄次を尾けてつきとめたその大物と、職人からたどりついた根付けの持ち主とが一致すれば、夜鷹おちか殺しの下手人として、けっしてその者は逃れられなくなる筈である。

「徳三さんでございますか」

応対に出てきたおかみは、来客の尋ね人が徳三と聞いて顔を曇らせた。

目鼻の整った顔立ちだが、痩せていて暖かみの感じられない女だった。

このおかみは、徳三の母親が亡くなった後に入った人である。年頃も三十少し前かとみえ、徳三とは十も違うか違わないかと思われた。

おかみは難しい顔をつくって、

「せっかくですが、旦那様のお許しがなければ、徳三さんをここに呼ぶことはかないません。私が叱られます」

と言うのである。

「呼ぶことかなわぬとはどういうわけだ。用事はすぐに終わる」

求馬は憮然として言った。

さすがにおかみも困った様子で、

「少しお待ち下さいませ」

長い裾を引いて立ち上がった。

「その必要はない」

奥から五十がらみの、この家の主と思《おぼ》しき男が、むっつりとした顔をして出てきた。

「主の徳右衛門でございます。あの子にどの様な御用でしょうか」

「少し尋ねたいことがあるのだが」

「ですから、どのような……」

「徳三の相棒を探しておる」

「派手な女の襦袢を着た、ちんぴらのことでございますか」

徳右衛門は嫌な顔をした。

「そうだ。通称百舌鳥と呼ばれているが、武藤七之助という若者だ」

「そういうお話でしたら、ご遠慮下さいませ。もう倅に構わないで頂きたい。あのちんぴらとは縁が切れております」

「親父殿」

「嘘ではございませんよ。昨夜、今話に出ました派手な襦袢を着たちんぴらが、倅を連れて参りまして、お前は俺の足手纏《あしでまと》いだ、二度と俺に近寄るな。お前はもう家にいろなどと、そんなことをこの店先で押し問答致しましてな、倅を置いて帰って行ったのでございますよ」

「そうか、やはりここまで送って来たのか」

「倅は、あれのことが気に食わずに家を出ただけでございます」

徳右衛門は、奥に引き上げていく若い後妻を顔を回して差し、

「もともと倅は、あの男のようにちんぴらではございません。ところがしばらく家出をしている間に、どんなふうに染まってしまったものか、あのちんぴらの後を追っかけようとしたのでございますよ。それで店の者が総出で取り押さえまして、今離れの部屋に入れて、手代に見張らせているところです。ここに連れてくれば、また、飛び出します。ですから、どうぞ倅は放っておいて頂きたいのです」

徳右衛門はにべもない返事だった。

言葉こそ丁寧だが、その体からは、千鶴と求馬を追い出さんばかりの気迫がみなぎっている。

無理もなかった。徳三は跡取りの一人息子である。

「親父殿の気持ちはわからぬわけではないが、俺たちが徳三を訪ねてきたのには、のっぴきならぬ事情があるのだ。特にここにいる千鶴殿は、数日前に倅殿が食中りをして命も危なかったところを助けた御医師でもある」

「あなた様が、伜の命を……」

徳右衛門は、驚いて千鶴を見た。

「知らぬこととはいえ、失礼を致しました。もしや、薬礼をお支払いしていないのではないでしょうか」

商人らしく尋ねてきた。

「頂きましたよ。息子さんにかわって払って下さった方がございまして」

「それはまた……どこのどなた様でございますか。お教え頂けませんでしょうか」

「そのお人は、そんなつもりで、息子さんのお薬代を持ってきたのではないと存じますよ。息子さんに元気になってもらいたい一心で、持ってこられたのだと存じます」

千鶴はほほ笑んで言った。

その人が、柳原に出没する夜鷹だと打ち明けたら、この主は卒倒するに違いないとおかしかった。

すると、千鶴のそんな胸中を代弁するように求馬が言った。

「主、家を出た徳三が元気に暮らしていたということは、やはりいろんな人の温情を受けて生きてきたのだ。そのことは忘れるな」

かたくなな表情の徳右衛門に釘をさした。

その上で、

「徳右衛門、この千鶴殿はな、徳三ばかりか、もう一人の七之助という少年の今後もよくよく考えて、手を差し延べてきた人だ。倅殿を悪い方に向ける筈がないではないか」

求馬の言葉に、徳右衛門は黙ってしまった。

「二人が新しく踏み出すためには、ぜひにも解決せねばならぬ事件がある。徳三と七之助をわが子のように可愛がってくれていた女が殺されたのだ」

「殺し、でございますか」

「そうだ。二人はその下手人を探していた。徳三に俺たちが聞きたいと言ったのは、そのことに関する話だ」

「……」

「放っておけば、逆に二人の命が危ないと思ったのだが……七之助はそれを察知して、徳三をここに連れてきたらしい」

「……」

「もはや、危ないのは七之助一人……それでも会わせることが出来ぬというのなら、致し方あるまい。千鶴殿」

　求馬が諦め顔をみせた時、

「旦那、若先生、探しましたぜ」

　五郎政が入って来た。

「わかったのか」

「へい。例の根付けを彫ったのは、富沢町に住む彫富と呼ばれる男でございやした」

「で、その彫富にあの品を頼んだ者の名は」

「磯村左内《いそむらさない》という御旗本でした」

「何、旗本だと……」

「へい」

　五郎政は、神妙な顔で頷いた。

　町のあぶれ者が、初めて正義のために働いたという自負と心の高まりが五郎政の顔に溢れていた。

「もし、今なんと言いましたか……御旗本の磯村様とおっしゃったのではありませんか」

横から聞き耳を立てていた徳右衛門が、求馬に聞いてきた。

「知っているのか、磯村を……」

「ここではなんでございます。ちょっと、ちょっとお上がり下さいませ」


「ひとつ、お話ししておきたいことがございます」

徳右衛門は、千鶴たち三人を座敷に上げると、改まった声で言った。嫌悪をまるだしにしていた先程の形相とはうってかわって、神妙な物腰である。

「何かあったのだな、徳右衛門」

「はい。今朝のことです。立派なお武家様が参りまして、そのお方が磯村様と申されまして」

「何……」

「倅と一緒にいた七之助という者に、自分の大事な物を盗まれて困っている。若者の出来心ゆえ、物さえ返してくれれば表沙汰《おもてざた》にはしないつもりだ。ところが七之助の居場所がわからない。そこで、徳三に七之助の居場所を教えてくれるように言い聞かせてほしい、教えてくれたら徳三については罪は問わない、そう申されたのでございます」

「まさか、そんな話には乗らなかったんでしょうね」

「それが……」

徳右衛門は言いにくそうな顔をして、

「そのお武家様がおっしゃるのには、まともに倅に相棒の居場所を聞いたところで、友人を裏切るようなことを言う筈がない。そこで私が、なんとかうまく口実をつけて倅から聞き出せないものかと、そんなことをおっしゃったのでございます。私も盗みの何のと言われて思案が鈍りました。お武家様にはこちらでお待ち頂いて、離れの息子の部屋に行ったのです……」

徳右衛門は、複雑な顔で、その時のことを話し出したのである。


意外な話を聞いた徳右衛門は、暖簾を守るためにも、なんとか倅の口を割らせなければ……その事だけで頭が一杯になった。

急ぎ離れに向かうと、徳三を閉じ込めてある部屋の前で咳払いをした。そして静かに戸を開けた。

「なんだよ、何の用だよ」

徳三は、寝っころがっていたのか、のろのろと起き上がると、徳右衛門に横顔を見せて、あぐらをかいた。

徳三は、父親が後妻をもらってからというもの、ろくすっぽ顔も合わせないし、口もきかない。

「徳三、おとっつあんはつくづく考えたんだが、お前を連れ帰ってくれたあの者は、いったいどういう人間かね」

「……」

「いや、実を言うと、一見しただけで、おとっつあんはあの者の言動に、年に似合わぬ才気を感じてな。あの身なりとは裏腹の、先が楽しみな男じゃないかと、そう思ったのだ」

「おとっつあん」

徳三は、まっすぐに徳右衛門を見つめてきた。その眼には、徳右衛門が久しく見たこともない輝きがあった。

訝しさを捨て去ったわけではないが、思いがけず父親の理解を得た、そんな表情だった。不信の念を持つ心の底から、父親への敬慕の念が瞬く間に湧き上がってきて、救いを見つけた純粋な少年の顔がそこにあった。

それは、父親とのわだかまりの垣根を一気に越えようとする熱いものだった。徳右衛門の方が視線を外したくなるほどだった。徳右衛門は、ここぞとばかり、話を継いだ。

「このまま、あの者を宿無しの浮浪者にしておくのは、いかにも惜しい」

「そうだよ、おとっつあん。あいつは頭のいい奴だ。度胸もいい。れっきとした侍の息子なんだ」

カキのように口を閉ざしていた徳三だったが、水を求めるように必死にその是を訴える。

「そうか、お侍の息子さんなのか……どうだろう、あの者がいいというのなら、うちに来てもらっては……」

「本当かい、おとっつあん」

「本当だとも、何だったらお前の義兄弟としてこの店で腕をふるってもらえば、お前も心強いだろう」

「おとっつあん、その言葉、信じていいんだね」

「もちろんだ」

「こうしちゃあいられない。あいつは天涯孤独の身の上なんだ」

徳三が目を輝かせて立ち上がった。

「まあ、待ちなさい」

素早く徳右衛門は徳三を座らせた。

「こういうことはな、大人のおとっつあんに任せなさい。まずは、おとっつあんが出向いて、それとなくあの者の気持ちを聞いて。そうだろう、お前では話の詰めというものが出来ない。お前とあの子との話は、その後でいいだろう……」

徳右衛門はそこまで話すと、俯きかげんの顔を上げて、求馬を、そして千鶴を見た。

千鶴は、すぐさま言った。

「それで、徳三さんは、あなたに七之助さんの居場所を教えたのですか」

「はい……」

「なんてことを……」

千鶴も求馬もあきれ顔で徳右衛門を見た。

徳三が七之助の居場所を教えたのは無理もなかった。追い詰められていたところに、予想もしなかった父親からの言葉を聞いた。

恐らくそれは徳三にとって、近年初めてで、たった一度の父親との魂の交わりだったに違いない。

千鶴には徳三の気持ちが切なかった。

「それを、磯村という武家に告げてやったのか」

求馬が厳しい声で聞いた。

「はい……」

「本気で引き取ろうと考えての、いや、少しでもその気があってのことだったのか」

「いえ、息子を悪の道に誘う厄介者を、これで遠ざけることが出来たと……」

「なんと」

求馬は舌打ちした。磯村の大芝居にまんまと乗せられたばかりか、巧言を弄《ろう》してわが子を欺《あざむ》き、七之助を売り渡した老獪《ろうかい》な目の前の商人に、憤りを押さえることが出来なかった。

「あの者さえいなくなれば、倅はまともな生活をおくるはずだと、そんな風に考えておりましたから」

徳右衛門が苦笑してみせた時、

「徳三さん、どこに行ったのかと思ったら……お部屋にお戻り下さい」

店の者が咎める声が聞こえたが、

「うるさい」

怒鳴りつける声がして、

「親父、俺を騙したな」

廊下から徳三が飛び込んで来た。

その手は拳をつくって震えている。

「許せねえ、絶対許せねえ。もう、親でも子でもねえ」

徳三の顔は蒼白になっていた。

「徳三」

徳右衛門は、さすがに危険を感じたらしく、立ち上がって拳を握った。

「親父、いや、徳右衛門、お前はおふくろの気持ちを考えたことがあるのか……おふくろが亡くなると早々に、若い後妻を家に入れて、あの世でおふくろが泣いているとは思わないのか」

「な、なんだね、その口の利き方は」

「うるせえ!……親でも子でもないと言ったろう。お前のために、この家に居場所のなくなった俺は家を出たけど、そんな俺を救ってくれたのが、七之助、百舌鳥だった。百舌鳥は言ったんだ、俺にな……親子じゃないか、お前も親父さんの気持ちわかってやれって……親父さんだって、お前を憎い筈がないんだってな」

ぐいと父親を睨みつける。

「……」

「少しずつお前への憎しみが溶けてきたのは、あの七之助のお陰だった。七之助は俺にとっちゃあ、血を分けた兄弟も同然だったんだ。その七之助を悪の手に売り渡しただと……お前を殺してやる」

徳三は、のっしのっしと父親に突進した。

「止めるんだ」

求馬が徳右衛門の前に躍り出た。振り下ろしてきた徳三の拳を払いのけ、空を切ったその手首をつかんだ。

「何をするんだ」

血走った眼で睨み返し、その手首を振り払おうとした徳三に、

「頭を冷やせ！」

求馬は一喝してその腕を引き寄せて捩じ上げた。

がくりと膝をついた徳三に言う。

「お前の気持ちもわからぬではない。だがな、親に拳をふるうのは、理由はどうあれ、大罪だぞ」

「親じゃあねえ……親なもんか」

徳三は、泣き叫ぶような声を上げた。

「離してくれ。俺はこいつに、お前なんぞよりずっと百舌鳥の方が大事だってことを、わからせてやるんだ」

求馬の腕の中で身悶えした。

「徳三さん……」

声は千鶴だった。

千鶴は徳三に走りよった。

思いがけず父親に抱いた幻想から引き戻されて、元の闇に突き落とされることになった徳三が哀れだった。

千鶴は、徳三の肩を横からそっと抱くように手をかけた。

「千鶴先生……先生」

徳三は、姉に甘える弟のように泣いた。

「すまん、徳三……」

徳右衛門が、がっくりと膝をついた。

六

千鶴は、求馬の後を徳三と並んで足早に追いながら、先程不安な表情で見送った『どじょう』と呼ばれる少年の顔を思い出していた。

その名の通り、どじょうは、両国橋東詰めの橋下に、体をかがめてやっと眠れる程の小屋を建て、そこで暮らしている浮浪者だった。

小屋といっても流木や板切れを寄せ集めて、風よけの穴蔵を作っているような粗末な物である。なにしろ、どじょうはまだ十三歳というのだから無理もない。

食べ物は背後にある町の尾上町《おのえちょう》の料理屋などから、草むしりなどのちょっとした手伝いをして貰い、飢えをしのいでいるらしいが、ここに、あの七之助が身を隠していたのである。

どじょうも七之助の子分の一人で、せんだって柳原土手で、同じような悪がき集団と戦争ごっこをやったが、その時にも加わっていた。

色の黒い、ねずみのような顔をした少年だが、父親の顔も母親の顔も知らぬ気の毒な子で、七之助をとりわけ頼りにしている少年のようだった。

どじょうの住まいを知っている者は、仲間の者たちだけである。

徳三もむろん知っていて、七之助は徳三に、しばらくどじょうの所で暮らすと、告げていたのであった。

ところが、徳三の父親が磯村に話したために、どうやらすぐに、中間の玄次が小屋を訪ねたらしい。

しかし、才覚のある七之助は、証拠の品は別のところに隠してある。欲しければ五十両と引き替えだ。それが出来ないというのなら、夜鷹殺しでお前の殿様を訴えると、逆に中間を脅したらしい。

どじょうは、屈強な玄次を見て度肝を抜かれ、取引など止めて、町奉行所に届けた方がいいのじゃないかと、七之助の身を案じて言ったらしいが、七之助は首を横に振った。

「五十両あれば、俺たち皆で知恵を出して、商売のひとつもできる。そしたら、どじょう、お前もこんなところに、住まなくてもいいのだ」

七之助は、そんなことを言ったらしい。

しかも、俺にもしものことがあったら、この襦袢はお前に形見としてやる。受け取れ。そんな冗談まで飛ばして、約束の場所に出向いていったというのであった。

どじょうの小屋を訪ねたのは、千鶴と求馬と、それに道案内に立った徳三だった。

七之助と磯村との取引は、暮れ六ツ、柳森神社だという。

すでに大川には夕焼けの赤い陽が水面《みなも》にたゆたっていて、時間がなかった。

急いで小屋を後にして、両国橋を渡り、柳原土手の道を西に急いでいるところであった。

徳三は家を出てからもずっと無言で、太った体をゆすりながら、黙々と千鶴についてきた。

父親への憤りや七之助を案ずる気持ちが、徳三から言葉を奪ったようである。

薄闇に包まれた柳森の神社の姿が面前に見えてきた時、徳三は緊張のあまり、大きな息を吐いた。

「千鶴殿」

求馬が立ち止まって後ろを振り向き、千鶴に頷いた。それを合図に、求馬は注意を払って境内に入って行った。

音も立てず、社の横手に歩んだ時、

——あっ……。

木立ちの中に、七之助が覆面をした武家と、あの中間玄次と対峙《たいじ》しているのが目にとまった。

七之助の着ているものは相変わらずのあの襦袢だが、その腰には立派な長刀がぶら下がっている。

覆面の武士は、七之助のその格好を眺めながら言い放った。

「あんな夜鷹の一人や二人、この世から消えたところで、どうということもあるまい。むしろ、この世の空気が澄もうというものだ」

「ふざけるな。お前のような奴こそ、この世の害虫だ」

「ふっ……」

武家は蔑むような笑いをみせると、

「客引きの稼ぎがなくなって逆上したか」

からかうように言った。

「うるせえ！　何故殺した。そのわけを言え」

七之助は、斬りつけるように言った。

「何故だと……」

覆面の武士はせせら笑って、

「夜鷹の分際で俺を愚弄したからだ。男の沽券《こけん》にかかわるようなことを吐いたのだ」

「なにが沽券だ、どうあれ、斬り殺すことはない」

「馬鹿だな、お前も。たかがあんな夜鷹のために何故に血迷う。そうか……お前、あの女にあの手この手の秘戯でも手解《てほど》きを受けたのか」

「うるせえ、それ以上薄汚いことを抜かすな」

「ただの客引きがおかしいではないか」

「ただの客引きじゃねえ、おちかさんは、おちかさんは俺の……」

七之助は、後の言葉を呑んだ。

おちかはおっかさんのような人だったんだと言おうとしたが、それを口にだせば、いっそう目の前の男に、おちかの存在を汚されてしまうような気がしたのである。

玄次が言った。

「約束の根付けは持ってきたか」

「ああ、おちかさんが握っていた殺しの証拠だ。ここにある」

胸を叩くと、いきなり玄次が襲ってきた。

七之助は、ひらりと飛びのくと、腰の刀を抜いた。

「そんなことだろうと思っていたぜ」

「止せ、七之助」

求馬が飛び出した。

「話はそこで聞かせて貰った。磯村左内、今度こそ逃れられぬぞ。見ろ、捕り方だ」

求馬が後ろを振り返った。

足並みを揃えて、境内に入って来た一団がいる。

五郎政に案内されて、浦島亀之助と猫八が捕り方を従えて入って来た。

「俺は知らぬ。知らぬぞ」

逃げようとする磯村の前に、千鶴と徳三が立ちはだかった。

「御用だ。神妙にしろ」

夕闇の静かな境内に、颯爽《さっそう》とした亀之助の声が響いた。

「千鶴殿……」

法浄寺の裏庭に立った求馬は、木の枝でひらひらと風にたなびく女の襦袢を見て、千鶴に笑みを送ってきた。

襦袢は七之助が着ていた、おちかの形見の花襦袢である。

千鶴も思わずほほ笑んだ。

おちか殺しの首謀者磯村左内がつかまって、お裁きは評定所で行われた。磯村は江戸を追放され、拝領屋敷いっさいを没収された。

徳三は家の稼業を継ぐらしく、雪解けとはいかぬまでも、親子揃って千鶴の治療院まで挨拶に来ている。

そして七之助は、この寺の和尚に見こまれて僧の道に入ったのである。

あの七之助がと思うと、一度訪ねてその様子を見たい。

それで千鶴は求馬とやって来たのだが、七之助は托鉢《たくはつ》に出ていなかった。

和尚に挨拶をして引き返そうとした求馬の目に、寺には似つかわしくない女の襦袢が目に止まった。

「宗雲《そううん》が洗ったのじゃ、遺品として大切にしまっておくのだとな」

乾いた草履《ぞうり》の音がしたと思ったら、先程見送ってくれた和尚が歩いて来た。

宗雲とは、七之助の新しい名前である。

「和尚様、七之助さんをよろしくお願い致します」

「なんの、案ずることはない。宗雲は頭がいい。それに、これと見定めるとやり通す強固な精神を持っている。手元においてわかったのだが、あれが、百舌鳥と呼ばれていたというのには頷けるものがある。いやはや、楽しみなことじゃ」

和尚は目を細めた。七之助を弟子にした喜びが、表情にあふれていた。

第三話　月下恋《げっかれん》

一

牢屋同心有田万之助《ありたまんのすけ》は、西の口揚り屋の前に立つと、中を覗いて声をかけた。

「お勝《かつ》、千鶴先生だ」

「へーい」

畏《かしこ》まったお勝の声が牢屋の鞘の奥から聞こえてきた。

お勝は、牢名主である。初老に近い年頃だが、昔、子殺しをして永牢の刑を受け、一生牢暮らしと決まっている。

以後女囚の部屋の名主におさまり、女囚の誰かがお調べの時も病気の時も、このお勝が目配りをして統率しているのであった。

今回の千鶴の診察を願い出たのも、お勝の差配だったと聞いている。

鍵役の蜂谷吉之進《はちやよしのしん》は、お勝の声を聞くや、黙然として留口（入口）の鍵を開けた。鍵役の同心は、有田のような囚人の世話役同心と違って威厳を保っている。

だから囚人を鞘の外に出して診察をするとなると、同心二人と、実際に囚人の世話をしている下男《しもおとこ》まで連れての診察となり物々しい。

軽い症状ならば鞘の外に出さずに、鞘を挟んで問診するから、鍵役などの手をわずらわせることはない。

しかし今日の急患は、腹の下が激痛に襲われているというので、千鶴は鞘の外で直に触診した方がよいと蜂谷に助言したのである。

蜂谷は面倒臭そうな顔をしたが、千鶴の申し出を断るわけにもいかず、じゃらじゃらと鍵を鳴らしてついてきてくれた。

「先生、診て頂きたいのは、この女でごぜえやす」

まもなくお勝は、一人の女囚を鞘の外に押し出してきた。

下男の重蔵《しげぞう》が、すばやくそこに莫蓙《ござ》を敷いて女を寝かせた。

お勝は鞘の向こうから口を突き出すようにして、

「よく、先生に病状を話して診てもらいな」

押し出されてきた女に言い、千鶴には、

「先生、よろしくお願いします」

頭を下げた。

千鶴は頷いて、有田万之助と蜂谷吉之進に目顔で促した。

二人は心得たように、すっと女牢の角まで移動すると、千鶴たちに背を向けて外鞘から牢内の中庭に目を遣った。

女囚の診察は、胸や腹に触る時には着物の前を割る。だから千鶴は、牢役人たちには少し遠慮してもらうことにしているのである。

肌を男に見られるという羞恥の他に、女囚には女の医師にしか訴えられない生理的なこともあり、千鶴はそういったことも頭に入れていた。

「あとはわたくしがやりますから」

千鶴は重蔵も退けて、

「おまきさんでしたね。どうしました？」

海老のように腰を折り、横になっている女の顔を覗いた。

「先生、私の名を覚えていて下さったんですね」

女は横になったまま、顔だけ千鶴に向けて嬉しそうに言った。

千鶴は女に頷くと、すぐに脈を診《み》た。

おまきというこの女囚を最初に診たのは半月前だった。

牢に入ってきたばかりの時で、親指のつけ根がえぐれるほどの切り傷を負っていて、その手当てをした。

万之助の話では、おまきは男を包丁で刺し殺して入牢してきたが、殺す際に包丁の刃を上にして握っていたらしく、相手の男の腹を突いた時に、自分の親指のつけ根を切ってしまったということだった。

千鶴は、おまきの腕から手を離した。脈の乱れは少しもみられず、怪訝《けげん》な顔でおまきに聞いた。

「どこがどう、具合が悪いのか言ってみなさい」

「先生……」

おまきは、ちらっと鍵役の蜂谷たちに視線を投げると、

「あいたた、いた……」

腹を押さえて、さも苦しげに言い、千鶴の体に取りつくように顔を寄せた。

「申し訳ありません。先生に是非、お願いしたいことがあるのです」

小さな声で千鶴の耳元に囁《ささや》いた。

「あなた……」

千鶴は驚いて蜂谷たちの方を見た。

囚人が医師に病気以外のことで、しかも頼みごとなどしては、後でたいへんなお仕置の対象となる。

そのことが頭に浮かんで、千鶴はひやりとしたのである。

しかし、有田万之助も蜂谷吉之進も、外鞘の向こうの様子を見ながら、なにやら話していた。側で重蔵が相槌《あいづち》を打っている。

三人の視線の先の中庭では、下男たち数人が庭に繁茂した雑草を引き抜いていた。

夏草は、暑い上に雨でも降れば、瞬く間に背丈が伸びるのである。

二人の同心は、まさか囚人が頼みごとを口に出しているとは知らず、千鶴たちに無関心を決めているようだが、千鶴は迷った。

「先生、私、遠島と決まったんです」

おまきは千鶴の迷いを察知したのか、縋《すが》るような眼を向けてきた。

「遠島に……」

千鶴も小さな声で聞き返した。

「はい。死罪にならなかっただけでも有り難いと思わなくちゃならないんだけど、もう生きてこの江戸の土を踏めるとは思えません。いえ、どうせ、流された島で野垂れ死にです。それはいいんですが、一つだけ、先生にお願いしたいことがあるんです」

「おまきさん、しかしそれは」

「お願いします。私は天涯孤独の身ですから、誰に何を言い残すということもございませんが、この三年間、一緒に暮らした清《せい》さんのことが心配で……」

おまきは、ちょっと照れたような顔をした。

「清さんって……ご亭主のこと？」

「いいえ、亭主ではありません」

「じゃあ、いい人なのね」

「さあ、私にとってはそうだったけど、清さんはどう思っているのか。なにしろ、自分が誰だかわからない人なんですから。記憶が無くなってしまった人なんですよ、先生」

「記憶が……」

千鶴は驚いて、おまきの顔をまじまじと見た。

「はい。綺麗さっぱり……昔のことは何一つ覚えてないんです。清さんと呼んでいるのも、私が清次さんと名づけて呼んでいるだけで、本当の名はわからないのです」

「……」

「そんな人を一人残して死に切れない。私が側にいなくなって、どうやって暮らすのだろうかと考えるともう……」

「そんなことなら、何故人を殺《あや》めたりしたの」

千鶴はちょっと叱りつけるように言った。

「ええ……」

おまきは苦しげな顔をした。

おまきはごく普通の、どこにでもいる女である。

悪い女特有の険も暗さもなく、ぽっちゃりとした色白の優しげな顔をした女である。

とても人殺しなど出来る女とは思えない。

その女が人殺しをするには、それ相応の何かがあったということか。

おまきは、殺しのことには少しも触れずに、

「それで先生に、あの人の昔を、自分の正体はなんなのかを、調べてあげて頂けないものかと思いまして……」

と言うのであった。

「しかしそれはまた、難しい話ですね」

「私、他に頼る人もありません。それに、先生はお医者様でいらっしゃいます。ひょっとして何かの方法で、清さんの記憶も戻してくれるかもしれない……そう思ったものですから」

おまきは手を合わせた。

鳥も通わぬ遠い島に流されて、しかも再び江戸に戻ることも、命の保証さえもない自分のこの先の心配をするより先に、おまきは一緒に暮らした男の行く末を心配しているのであった。

「……」

「先生……」

「わかりました」

千鶴は頷いた。

しかし、おまきが島に流されるその日までに、おまきの願いがかなえられるとは思えなかった。

遠島の刑は年に二、三回といわれているが、暦ではそろそろ、今年二回目の遠島船が到着する頃かと思える。

この船というのは遠島の専用船ではなくて、島と江戸を往復している商船であり、天候や潮の流れに左右され、何日と決まっているわけではない。

それを考えると、おまきに残された時間は、半月かそこらの、指で数えるほどのものでしかなかったのである。

「ただ、おまきさんが考えているようにはいかないかも知れませんよ」

そこのところを念を押した。

するとおまきは、千鶴を見つめ直してしっかりと頷いた。


千鶴は、不忍池《しのばずのいけ》のほとりをゆっくりと歩きながら、おまきがはじめて清次と出会ったという茂みの中を探していた。

その茂みは弁財天に渡る橋よりさらに西にある稲荷坂《いなりざか》近く、柳の大きな木が三本並んでいるすぐ側の茂みの中だと聞いていた。

三年前の蓮の花の咲く頃である。

その頃おまきは、谷中の扇子屋に勤めていて、店の女将から、中島にある小料理屋に蓮見の会の座敷を予約するよう使いに出されたが、その帰りのことだった。

すでに夕暮れが忍びより、渡ってきた橋の向こうにある中島の茶店や料理屋に、次々と灯が入るのを感慨深く眺めながら、元来た道を引き返していたおまきは、稲荷坂を過ぎた辺りで、人の呻き声を聞いた。

この辺りは、昼間は谷中に抜ける人の往来もあるのだが、陽が落ちると、めっきり人通りの絶える場所である。

実際、おまきがいま歩いている辺りには、先程駕籠屋《かごや》が駆け足で過ぎて行った他は、人の影もない。

おまきは、ちょっぴり心細くなった。

耳を澄ますと、声は苦しげで、今にも死にそうな感じである。

何かの霊にでも呼びかけられているのかもしれない、そう思うと、恐怖に突然襲われて、おまきは駆け出そうとした。

「ま、待ってくれ」

その時、確かに、おまきを呼び止めた声がした。

おまきはたちすくんで、その茂みの中を見た。

旅姿の武家が一人、額から血を流して、しげみの中から手をのばして、おまきを呼んでいる。

「すまぬ、手をかしてくれ」

武家はまた呼んだ。

おまきは、路の前を見て後ろを見て、人の姿のないのを確かめると、おそるおそるその武家に近づいた。

夕闇の中にも、武家が体のあちらこちらを斬られているのがわかった。

「しっかりなさいませ」

おまきは、思わず叫んで、その武家の側に走り寄った。

おまきが最初に清次にあったのは、そういう事情だった。

傷ついた武家を、谷中の自分の裏店に運び、知り合いの医者を呼んで手当てをしたが、医者には多額の薬礼を払って口止めをすることを忘れなかった。何か他聞をはばかる事情があるに違いない、そう思ったおまきの咄嗟《とっさ》の機転だった。

ところが、まもなくのこと、武家は昔の記憶を失っているのに気がついた。なぜ傷を負ったのかさえ、武家にはわからないという。

ただ、長屋の者たちの影にも怯えるような状態で、おまきはひょっとしてこの人は、誰かに追われているのかもしれないと思ったのである。

そこで武家の着物や刀を押し入れにしまい込んで、髷も町人髷に結い、着物も町人のなりをさせて、名を清次とつけた。

しかし、傷は癒えたが、清次は毎日ぼんやりとして過ごすしか術《すべ》はない。なにしろ自分に何が出来るのか、自身の過去がわからないのだから仕方がない。

それに、もし、人に追われていたのなら、不用意に外に出るのは危険だとおまきは考えた。

結局清次は、家の中で鳥籠をつくったり、貸本を読んだりして過ごし、おまきの帰りを待つ日々が続いた。

まるで子供が母を待ちわびているようだったという。

おまきが家に帰って来ると、それはもう飛びつかんばかりの有様で、二人はまるで初めて所帯を持った夫婦のように、もつれあうようにして家の中では過ごしていた。

そんな生活が一年を過ぎるころ、おまきは清次と一緒に道灌山《どうかんやま》に虫の音を聞きに行った。

その帰りに、山の麓《ふもと》で陶器をつくっている老人に会い、清次は殊《こと》の外気《ほか》にいった様子で、帰ろうとしない。

老人はまったくの趣味で焼いているのだと言い、そんなに気にいったのなら、ここに通って土を練ればいいと、清次に勧めてくれたのである。

おまきは清次のために、勤めも天王寺の西側にある門前町の茶屋に変え、住まいは日暮里《にっぽり》の百姓屋の空き家を借りた。

やがて、かの老人が死去し、その作業場や窯《かま》を清次は貰った。

とうてい商いにはならない焼き物だが、清次がそれで心癒されているのは、おまきにもわかった。

ところが、なんとか落ち着くところに落ち着いた、そんな暮らしが二年を過ぎようとしていた半月前、おまきは客の暴言に腹を立てて、その男を刺し殺したというのであった。

千鶴は、声を潜めてこれまでの経緯をしゃべったおまきの顔を思い出していた。

――ここかもしれない。

千鶴は、三本の柳が並ぶ側に、塊をつくっている茂みを見つけた。

そこには、低木に葛《くず》の葉が覆いかぶさるように茂り、足元にはいたどりが背を伸ばして立ち、よもぎが茂っていた。

すぐ目の前には不忍池があり、一方には道を隔てて上野の山がどこまでも続いている。

いったい清次はなぜ、どこで傷つき、この茂みに隠れていたのかと、千鶴はしばらくそこに佇《たたず》んでいた。

二

「これは何だい、お小夜《さよ》ちゃん」

治療院の庭から聞こえてきたのは、本町『近江屋』の手代幸吉《こうきち》の声だった。

近江屋は千鶴が薬を貰っている薬種問屋だが、手代の幸吉は千鶴の治療院に薬を運んできた折に、庭の薬草園の世話をしてくれている。

今日は幸吉の側には珍客がいるようだった。

幸吉の問いに、可愛らしい声で、はっきりと答えている。

「はい。これは薄荷《はっか》です」

「そうだ、良く知っているね」

「はい。薄荷は多くの薬に用いるものなり。二種あり。一種は竜薄荷とて気味のよきあり。これを植ゆべし。また非薄荷というあり。悪し。作るべからず」

「そうだね。じゃあ効用は？」

「はい。頭、目を清くし、風熱を除く。清涼、解熱、発汗、健胃などの目的で配合します。他にも鎮痛、鎮痒作用もあり、捻挫、骨折、皮膚病などの湿布にも使われます。虫歯で痛い時にもこの葉を噛みます。肩凝りにも効きます」

「偉い、お小夜ちゃん、凄いじゃないか」

「だって私、千鶴先生のようなお医者様になりたいのです」

幸吉とお小夜という女の子の問答は更に続く。

腰の痛みでやってきたおとくは、弟子のお道に湿布薬を塗って貰いながら、別の客の腕の手当てをしている千鶴に、ほとほと感心した顔で言った。

「先生、あの声、お小夜ちゃんて娘だろ。随分薬草のこと知ってるじゃありませんか」

「ええ、感心な子でしょ」

千鶴が笑みを湛えて頷くと、すぐにお道があとを受けて、おとくに言った。

「なんでも、医学館に勝手に入り込んで、講堂前の庭から偉い先生の講義を盗み聞きしてたんですって」

「へえ、ほんとですかね」

「だって、千鶴先生が、医学館にいらっしゃる亡きお父上様の友人だった先生を訪ねて行った時、庭の石に座って講義を聞いているお小夜ちゃんを見たんですって。それで、何をしているのか尋ねたところ、お医者になりたくて、こっそり入り込んでいたとか言って……」

「だって、あの娘は付け木売りじゃないか」

「ええ」

「そんな娘が、文字も人並みはずれて読めて、おまけに医学の勉強だなんて……いったい、出自はどこの誰ですかね」

「さあ……」

お道は首をかしげて、千鶴を見た。

「天涯孤独なんですよ、あの娘……」

千鶴は言ったが、それ以上の話はおとくにはしなかった。

千鶴が知るお小夜の暮らしは、十二歳の女の子にしては過酷で辛いものだと、知っていたからである。

お小夜が付け木売りだというのは、医学館の庭に潜んでいた時に背中に背負っていた竹籠の中を見てわかったことだが、お小夜自身もその時、医学館の食堂方に付け木を売りに来たのだと言ったのである。

何のつてもない者が、医学館に付け木を買ってくれと申し入れても、聞き入れて貰える筈がない。

「お勉強が好きなようね。でも、お話を聞いたら、早くおうちにお帰りなさい」

千鶴が注意を与えると、

「はい、申し訳ありません」

女の子は立ち上がってぺこりと頭を下げると、また熱心に講義の声に聞き入っていた。

そっとその場を引き返してきた千鶴に、中間が近づいて来て言った。

「桂先生、あの娘はお小夜ちゃんていうんですがね、付け木にかこつけて、時々ここに入って来ては、ああして先生方の講義を盗み聞きするのですよ」

中間は医学館の中にある病室の看護中間だった。

「いつからですか」

千鶴は振り返って、女の子が熱心に話を聞いているのを見た。

「もう半年になります。あのお子の母御が、この医学館の学生の診療を受けに来ておりましたから、それでここに来れば講義を聞けると知っているのでしょう」

「そう」

「母御は吉野さまと申されましたが一年前に亡くなられました。それであのお子は、医者になりたいと思ったのかもしれませんね。内容がわかるとも思えないのですが、とにかく熱心です。付け木は口実だと皆わかっているのですが、見て見ぬふりをしています。お武家の出といってもご浪人のご身分で、何か深い事情があるように見受けられました」

などと言う。

士分とはいえ浪人の子が医学館の講義を聞こうというほどの勉学をしてきたのかと、正直千鶴は驚いたが、もっとびっくりしたのは、数日後のことだった。

その日、千鶴は馬喰町《ばくろちょう》のさる旅籠《はたご》の隠居を往診しての帰りだったが、付け木屋『泉屋』の店先で、店のおかみと思《おぼ》しき女に、お小夜が頭をこづかれ、叱られているのを見たのである。

その時のおかみの剣幕たるや顔をそむけたい程で、

「今日は夕食は抜きだね。ごはんを欲しけりゃ籠の中のもの全部売ってこなくっちゃ。全部だよ。一束残らずだ、さっ、分かったらお行き、もう一度売ってきな」

最後におかみは、お小夜にそう言ったのである。

とぼとぼと、また竹籠を背負って出てきたお小夜は、両国橋の袂《たもと》に立って、

「付け木、買って下さい。付け木はいりませんか。硫黄《いおう》がたくさんついていて、とても火がつきやすい良い品です。一束二文です」

と往来の人たちに繰り返し、呼びかけるのである。

千鶴は、気になって後をつけたものの、その場所から離れられなくなっていた。

六ツの鐘が鳴っても、お小夜は店には帰れない。帰っても食事もないと思ってか、ずっと橋袂に立ちん坊をしているのであった。

夕暮れが橋の上にも、袂の往来にも忍び寄り、夜の光が路上に流れるようになっても、お小夜はそこで声を張り上げていた。

千鶴はいたたまれなくなって、治療院に連れてきて、籠に残っていた付け木をすべて買い取ってやり、夕食を出してやった。

だがお小夜は、付け木の代金は受けとったが、夕食はいらぬと言った。

困ったお竹は、じゃあ、おにぎりならいいでしょ。遠慮するお小夜の小さな腕に、大きなお握りを持たせて帰したのである。

その時お小夜に聞いた話では、母が一年前に死んでまもなく、裏店の大家の世話で泉屋にひきとられていったのだと言う。

付け木売りを始めて一年になるが、竹籠の中の付け木を全部売り切らないと、おかみさんは家には入れてくれないのだとお小夜は言った。

「ひどいのね、かわいそうに……」

千鶴はつい口走った。するとお小夜は、

「いいんです、おっかさんは私のことを思って言ってくれているんです」

と言うではないか。

よくよく聞いてみると、泉屋のおかみはお小夜を養女にして、その上できつかっているようだった。娘なら叱りつけても世間の人には躾《しつけ》だといえば言いのがれられる。千鶴はとっさにそう思ったが、この幼い娘は、けなげにも自分を拾ってくれた恩をおかみに抱いているようだった。

千鶴は胸をつかれた。十二歳の少女が課せられた荷としてはいかにも重かった。

「あえなく死んだ母上のことを思うと、私もお医者になりたい。お医者になって、貧しい人たちの手当てをしてあげたいのです」

お小夜は、輝く瞳で見つめてきた。

お小夜は、色白の丸顔の、睫《まつげ》の長い少女だった。

千鶴は数日後、泉屋の主《あるじ》久右衛門に会った。

そして、付け木を全部売り切った時には、千鶴の治療院に立ち寄って勉強させてやってほしい旨の許可を貰ったのである。

お小夜にとっては、治療院の裏庭で幸吉に薬草の効用を手にとって教わることが出来る今日のような日は、辛い日常から解放される至福の時に違いない。

人並み外れた頭の良さと志を医師になることに向けるのなら、一度ゆっくり、お小夜の過去を聞いてやらねば……千鶴は、お小夜のはしゃいだ声を聞きながら、そんなことを考えていると、

「千鶴先生、浦島様がおみえになりました」

お竹の声が玄関の方から聞こえて来た。

すぐに、遠慮のない足音がして、ぬっと浦島亀之助が顔を出した。

「千鶴先生」

亀之助は、神妙な顔をして、頷いた。

「先生、まずおまきのことですが、島に送られる日がおおよそわかりました」

亀之助は、玄関の側の小座敷に座ると、まず千鶴にそう告げた。

「いつです」

千鶴は息を呑んで亀之助を見た。

「昨日、鉄砲洲《てっぽうず》に島からの交易船が入ってきたようです。積み荷を下ろして、それから島に運ぶ荷を積み入れるには、少なくても十日は必要でしょう。またその時の潮の流れや風の向きも考えねばなりませんから、何日と言うわけにはいきませんが、近々、いよいよというところでしょうか」

「おまきさんは、天涯孤独だと聞いていますから、身内の者の差し入れもないのでしょうね」

「そうですな、お上から頂戴する僅かなビタ銭だけでしょうな」

「……」

「嫌な言い方ですが、この世は金の世の中です。島流しにしてもしかりです。後ろ盾がいて、始終島にいる囚人に届け物をしてくれれば、生き延びることもご赦《しゃ》まりもありませんよ。生き延びるのは至難の技でしょうな」

亀之助は、気の毒そうな顔をして言った。

島での暮らしは、聞きかじりだが千鶴も聞いている。

食べていくのも大変だし、女囚は男の囚人たちの共通のなぐさみものになるというのだから、女にとっては、食べること以外にも、女郎や夜鷹よりも辛い暮らしが待ち受けているのであった。

島流しになる者たちには、官費で当座の薬も支給されるから、おそらくその件については千鶴もかかわることになるとは思うが、これからのおまきの暮らしに思いを馳せると、胸が塞ぐ。

「先生、おまきは、天王寺の門前で春をひさいでいた女が生んだ子のようですぞ」

「……」

「父親が誰だかわからない上に、おまきを生み落とした母親もすぐに死んでいるようですから、まったくの天涯孤独です。しかしそんな女が、三年ばかり暮らした男のこの先を案じているんですから、泣かせる話です」

「浦島様、おまきさんが殺した相手というのは、どんな人だったんですか」

「これが、池の端の茅町《かやちょう》にある茶屋の道楽息子で貞次郎という者でした。三十にもなるのにまだ遊び暮らしているという、どうしようもない男ですよ」

「原因は……殺しの原因はなんだったんですか」

「おまきが一緒に暮らしていた、清次とかいう男を馬鹿にしたようなんですな。貞次郎は、その男は昔を忘れたのなんのと言ってるが、何か悪いことをして、ひと芝居うっているんじゃないかと言ったそうだ」

「まあ……」

「更にですよ、そんな男に貢ぐより自分の女にならないかと言ったそうです。おまきは清次さんはそんな人じゃないと言い返したそうです。おまきは清次が自慢で、清次の焼いた茶碗や皿を、自分がつとめている茶屋に運んでは使ってもらっていたんですよ。当然、貞次郎の膳にも、清次が焼いた皿が載っていた。その皿を、あろうことか、これみよがしに貞次郎が二階から投げつけて割ったらしいんです」

「なんてことを……」

「しかも、笑った。馬鹿にして笑ったらしいのです。これは周囲にいた者が証言したようです。それでおまきは切れた。台所に走って行くと包丁をつかんで戻って来た。やれるもんならやってみろ……そんな台詞《せりふ》を吐きながら、薄笑いをして酒を飲んでいた貞次郎の胸を、おまきは突進して刺したんだと……」

「……」

「おまきに、もう一度辛抱する分別があれば、人を殺さずにすんだのに……やはりおまきは、それだけの育ちだったんでしょうな」

「いいえ、浦島様。それは違うとわたくしは思います。おまきさんにとって清次さんは命、なんです」

「命……」

「そうです。わたくしにはなんとなくわかるような気が致します。女が本気で惚れるということは、そういうことなんです」

千鶴はしみじみと言い、亀之助の顔を見返した。

三

「千鶴先生、あの煙……ここです、間違いありません」

亀之助は千鶴を振り返ると、二人が居る場所からいくらもない、小さな谷川が落ちている斜面を指した。

そこは道灌山の裾野に近い谷間だったが、少しだけ拓《ひら》けていて、こんもりと盛り上がった土のかたまりから煙が上っていた。

明らかに窯から立ち上る煙だった。

側に小屋も見える。

その小屋から、今男が出て来て、窯の前に腰を据えた。

顔は定かではなかったが、どこかきりりとした感じがして、おまきにとってかけ替えのない男、清次に間違いないだろうと思われた。

千鶴と亀之助は、しばらくそこに立ち止まって、汗をぬぐった。

人里離れた山中をずいぶんと歩いたが、二人が歩いてきた山肌は木々に覆われていて、暑さなど知らずにきたと思ったのだが、やはり一服してみるとじんわりと肌に汗が滲んでくる。

聞こえてくるのは、小さな谷川の水の落ちる音と、小鳥の声と、そして蝉《せみ》の声ばかり。

人の気配はむろんのこと、肌の匂いさえ、敷き詰められた落ち葉の朽ちた匂いに吸収されていくようで、しかも、体の隅々まで洗われていくように感じられた。

「行きましょう」

千鶴が言った。だがその時、美しい笛の音が聞こえてきた。

「先生……」

亀之助が、驚いた声を上げた。

笛を吹いているのは、窯の前に座っている清次だった。

背筋を伸ばして、清次が無心に笛を吹いている。

切ない音色、それでいて凜《りん》としたその響きは、山肌に染み入るようである。

千鶴には何の調べかはわからなかった。だが、一度聞いたら忘れられない音色だった。

二人は足音を立てないように、ゆっくり、歩を進めた。

清次の背が、すぐそこに見えてきた時、突然笛の音が止まった。

清次は静かに膝に腕を下ろすと、全身を耳にして、辺りの気配を探っている。

千鶴と亀之助が、いったん止めた足を再び踏み出した時、清次は小屋に駆け込んだ。

「浦島様」

千鶴は、亀之助と走った。

木立ちを抜けて山の斜面に出ると、煙の上っている窯を横目にその小屋に走り寄った。

「来るな！」

中から、鋭い声が飛んで来た。

「清次さんですね。私たち、怪しい者ではありません。おまきさんから頼まれてきました。わたくしは、小伝馬町の牢医師の桂千鶴と申します」

千鶴は、小屋の外から声を張り上げた。

「帰れ……帰ってくれ」

悲鳴にも似た声だった。

「清次さん」

千鶴が中に入ろうとしたその時、小屋の戸が突然開くと、木剣が千鶴の眼前に突き出された。

「何をします」

千鶴は叫ぶと同時に、咄嗟に後ろに飛び退いた。

血走った目で木剣を持った清次が姿を現した。

「ち、千鶴先生……」

亀之助はすでに二間ほど後ろの枯れ木の側まで逃げている。

「何をしに来た……」

清次は、八双に構えて言った。

切れ長の目をした、きりりとした三十半ばの男だった。

体から醸《かも》し出される漲《みなぎ》る気勢は、それだけで、剣の技の抜きんでていることを窺わせた。

――素手ではやられる。

千鶴は困惑しながらも、そこにある木の枝を拾った。腰に小太刀を帯びてはいるが、清次に刃は向けたくなかった。

小枝を構えたままで、千鶴は言った。

「わたくしの話を聞いて下さい」

「問答無用」

清次が有無をいわさず木剣を振り上げた時、

「待った、待て待て！」

突然、大きな声がした。

「求馬様」

千鶴は目をぱちくりして、声のする方を振り向いた。

山肌の雑木の中を足元をすくわれそうになりながら、小枝にとりつきとりつきして、こちらに急ぎ足で来る求馬がいた。

裁付袴《たつつけばかま》に首から布袋をかけていて、腕には紙ばさみを抱えている。

道灌山は薬草の宝庫である。どうやら求馬は、道灌山の薬草の写生に来ていたようだ。

求馬は息を切らして近づいて来て、

「清次殿、この人は私の知り合いだ。怪しい者ではない」

清次をまず制して、

「しかし、いったいこれは……千鶴殿、どうしてここにいる?」

驚いた顔で聞いてきた。

「そうか……そういう事情だったのか」

求馬は腕を組んで、千鶴の話を聞き終わると、膝に拳をつくって俯いている清次を見遣った。

「私も道灌山に入ったのは久方振りだが、清次殿とはもうずいぶん前からの知り合いだ。なかなかいい碗を焼く。それでこの山に入った時には、必ずここに立ち寄って様子をみていたのだ。このお人は寡黙でな、記憶を失っているという話は聞いていたが、詳しいことは何もしゃべらん。そのおまきさんという人の話も、いま初めて聞いた」

「おまきさんにとって清次さんは全てなんです。そのおまきさんの気持ち、放っておけなくて」

「ふむ。しかし、記憶が戻る治療法などあるものだろうか」

「わたくしにもわかりません。ただ、昔につながる何かを清次さんが強く感じた時、その時は、記憶は戻るかもしれません」

「……」

「菊池殿、おまきにはもう時間がないのですよ。島の船が江戸に入ってきておりまして」

亀之助が、溜め息交じりに求馬に言った。

「そうか、もうすぐ島に送られるのか」

「可哀相ですが、罰は罰ですからね。まっ、心残りのないようにと私も千鶴殿の手助けをと思いまして」

「ああ……ああ……」

その時だった。突然清次が、自身で頭を打ち始めた。拳をつくった両手で、頭をなぐり続けるのである。

「清次殿、おやめなさい」

求馬が叱るように言い、清次の腕をぐいとつかむと、

「千鶴殿……」

千鶴には、首を横に振ってからそっと頷いた。

「俺も、この清次殿が、少しでも昔のことを思い出せないものかといろいろと尋ねてみたこともあったのだが、終いにはこうして自分を傷つけようとするのだ」

「……」

「そのうち俺も、清次殿にはここの暮らしがある、ずっとこの暮らしを続けるのもよいのかもしれぬ。そんな風に考えていたのだが……」

思案の目を千鶴に向けた。

ふいに清次が顔を上げた。

「先生、もし私が、記憶を取り戻したら、おまきとのことはどうなるのですか。

今度はおまきを、忘れてしまうのではないのですか」

千鶴は返事に窮して口ごもった。千鶴には記憶喪失を手当てした経験がない。また、先達の確たる治療をした記録を見た覚えもなかった。

清次は言った。

「先生、私は今のままでいいのです、このままで……ここでおまきを待ってやります」

清次は立ち上がると、小屋の外に出て行った。

まもなく、何ごともなかったかのように、窯に薪《まき》をくべる乾いた音が聞こえてきた。

千鶴は、改めて小屋の中を見渡した。

丸太に板を渡してその上に、筵《むしろ》を敷いただけの住まいだが、土間にはろくろが置いてあり、その周辺には茶碗や皿が並べられ、小屋の隅には女ものの前だれがかけてある。布団も小屋の片隅に畳んであった。

密やかな、おまきとの暮らしが窺えた。

清次にとって過去の記憶を取り戻すことは、おまきとの縁を断ち切ることになるかもしれぬ。

しかしおまきの言う通り、清次はいったい何者なのか、そして何のために傷ついてあの茂みの中に隠れていたのか、その謎を解明しなければ、清次は人として満たされず、大きなうつろを抱えたまま生きることになるのではないだろうか。心安らかに暮らしていけないのではないか。千鶴はそんなことを思い始めていた。

その思いは、先ほど千鶴が見た清次の異常な高ぶりと緊迫した言動にあった。どう見ても、とても健常な心を持つ人の態度ではなく、明らかに清次は病んでいると思ったのである。

「求馬様、清次さんの笛、お聞きになりましたね」

「うむ。あの笛は、清次殿がこの谷間の竹で自ら作ったものだ。清次殿は昔、笛の名手だったのかもしれぬよ」

「あの曲、何という曲目かご存じですか」

「いや、知らぬ。知らぬがいい曲だ」

「ええ……せめて、笛の線から何か見えてこないかと思ったのですが」

千鶴は思案の眼を向けた。

だがその眼が、次の瞬間きらりと光った。

「求馬様」

清次の笛が聞こえてきた。

その音色は、まるで牢獄にいるおまきに向かって、遠くから近くから呼びかける切ない囁きのようだった。

四

「あの笛だ……間違いない。あれだけの笛を吹けるのは、武一郎殿の他にはいない」

――今日こそは笛の主に会い、武一郎殿かどうか確かめなければ……。

岩井文七は、小間物売りの荷を背負うと、御切手町《ごきってちょう》の裏店を出た。

いつもなら町屋を歩いて小間物を売り歩くのだが、今日はまっすぐ西に向かって西蔵院に出て根岸の里に入った。

ひなびた料理屋のある通りを抜けて、川筋に沿って道灌山に向かう。

天王寺の裏手の道にさしかかった時、文七は三年前の、あの悪夢を思い出していた。

千住《せんじゅ》の宿に入ったところで、国からの追っ手に追いつかれ、武一郎と二人で夕暮れの道を駆け、川に沿って田畑を走り、天王寺の上野の山に入ったが、追っ手はどこまでも追ってきて、山中で死闘となった。

二人は二手に別れて逃げ惑うことになったが、翌日約束していた馬喰町の宿『柏屋』に、武一郎は現れなかったのである。

――万事休す。武一郎殿は殺されて、不正を証明する証拠は追っ手の者たちに奪われたに違いない。刈谷藩《かりやはん》の上屋敷に訴え出るには、すでに遅し、証拠がなければ国を抜けた罪を問われるだけだ。

岩井文七は、窮地に立たされたのである。

もはや腹を切り、命を賭けて訴えるしかあるまいと思われた。

しかし柏屋の主、政右衛門に説得されて、岩井文七は小間物売りに身をやつし、武一郎の生死を確かめようと生き延びてきたのである。

柏屋政右衛門は文七の父が江戸詰の頃、役宅に女中として通っていた女を妻にしていたことから、懇意な間柄だった。

「岩井様が腹をお召しになれば、そこで勝負は岩井様の負けでございます。お連れの方の死も定かではないとお聞きしております。私はどこかで生き延びていらっしゃるのではないかと、そんな気が致しますよ」

政右衛門のその言葉に励まされて、岩井は町人の姿をして、ずっとこの広い江戸を、武一郎を探してきた。

しかし、そういう暮らしも、一年が二年になり、二年が三年になった頃には、いよいよ諦める時期がきたかと思ったのである。

だが、運命というのは不思議なものである。

数日前のこと、文七が小間物を仕入れている店のおかみに供を頼まれ、道灌山に虫聴《むしきき》に行った。

その時、下方のどこかから、武一郎が得意としていた横笛『月下恋《げつかれん》』の曲が風に乗って聞こえてきたのである。

文七は息も止まるほど驚いた。

月下恋は、妻を恋い、夫を恋い、人を恋い、友人を恋い、故郷を恋う曲だった。

武一郎の師、幻月が作曲したもので、笛を吹く者の思いで、音色は微妙にかわるというものだった。

——武一郎殿は生きている。

文七は側にいるおかみたちに気づかれぬよう、山肌を立ち上ってくる笛の音に聞き入っていた。
それで今日、道灌山に入ってみようと思ったのである。
――おや……。
文七は、天王寺を抜けたところで立ち止まった。
背後に鋭い殺気を感じた。
振り返ると、雲が湧くように片側の雑木の中から、武士が現れた。
武士は五名、その中に見知った顔がいた。
三年前の追っ手の頭、黒井左馬之助《くろいさまのすけ》だった。
――しまった。
文七は荷物を地面に置くと、その荷の中から小太刀を取り出した。
「やはり、生きていたのか」
左馬之助は、口元に冷たい笑みを浮かべて言った。
「杉江はどうした……どこにいる」
重ねて聞く。
「知らぬ」
「小間物屋とは、うまく化けたものよの。しかしもう、お前たちがどう足掻《あが》いても、どうにもならぬよ。冥途《めいど》の土産《みやげ》に聞かせてやろう。河原《かわはら》様は出世された。お前たち二人を売ったご褒美にな。そして今この江戸にいる」

「何……」

河原とは、河原千之丞《せんのじょう》のことだった。

同じ勘定方につとめていた同輩で、上役の不正を三人で江戸にいる家老に訴える約束をしておきながら、土壇場になって友人二人を悪に売った人間だった。

杉江武一郎が行方不明となり、岩井文七が今のような境遇におとしめられたのは、すべて河原千之丞の裏切りによるものだったのである。

「許せん」

文七は刀を抜いた。

勝ち目があるとは思えなかったが、闘わずして殺されては、武士の沽券《こけん》にかかわる。

ただ、ここで左馬之助に会ったのは幸運といえるかもしれなかった。

生きていると思われる武一郎のところに、迂闊《うかつ》にも案内するところであった。

武一郎さえ生きておれば、たとえ自分が斃《たお》されても藩に巣くう悪人どもは必ず成敗される筈である。

「殺せ、殺して河原様の御土産にしろ」

左馬之助が叫んだ。

文七が刀を抜き払うよりも早く、左馬之助の配下の男たちは一斉に刀を抜いた。

文七は言い放った。

「いずれお前たちは成敗される」

文七が正眼に構えた時、一人の武士が小走りしてきて、文七の頭上に刀を振り下ろしてきた。

「むっ」

文七はわずかに体を左に寄せると、紙一重でその斬撃を打ち払った。

だが、体勢を整える間もなく、別の男の一撃が面前に迫っていた。

その一閃を、力任せに受けて擦り上げると、文七は雑木の中に走り込もうとした。

しかしそこにいち早く走り込み、立ち塞がった者がいる。

左馬之助だった。

「今度は逃がさぬ」

った。

――しまった……。

文七が一瞬の動揺をみせた時、横手からの鋭い一閃が腹を薙《な》いだ。

剣の先を下に下ろしてこの刃を受け止めたが、すぐに後ろから別の剣が風を切った。

文七は、背中に鈍い痛みを感じた。

振り返ってその男に反撃しようとしたのだが、なぜか膝から崩れて落ちた。

剣を杖にして立ち上がろうとしたその肩に、次の一撃が文七を斬り下げた。

「ああ……」

声にならない声をあげて、文七の体は大きく傾いていく。

――死ぬか……。

顔が地面に打ちつけられ、文七が最後に聞いたのは、

「俺が相手だ」

走り込んできた誰か知らぬが、見知らぬ武家の、頼もしい声だった。

「もし、しっかりしろ」

求馬は、小間物売りを抱き上げた。二人の側には武家が二人、息絶えて転がっ

ている。後の三人は、山の中に逃げ失せたが、求馬は侍の揃いの羽織の背にあった家紋の模様を、しっかりと見届けていた。

千鶴と亀之助に道灌山の清次の窯で会ってから数日が経っていた。

清次の様子が気になって日を置かずしてまたここにやってきたのだが、思わぬ斬り合いに出くわした。

多勢に無勢、小間物売りを助けたが、すでに朦朧《もうろう》としていて、根岸の酔楽の住まいに運ぶには、もう時間がないように思われた。

小間物売りが町人ではないことは確かである。

一見して深い事情があるようだった。

――言い残すことがあれば、聞いてやらねば。

そう思った。

「名を、名乗られよ」

求馬が小間物売りの耳元に大きな声をかけた時、

「か、かたじけない……」

小間物売りが、うっすらと目を開けた。

「気がつかれたか。しっかりなされよ」

「もう、もう駄目です」

「おぬし、町人ではあるまい」

「……」

一瞬文七は戸惑いを見せたようだが、すぐにその目は哀願に変わった。

求馬は頷いて、

「安心しろ、敵ではない。力になれるやも知れぬ、名を名乗られよ」

「い、岩井文七」

「岩井、文七……住まいは」

「御切手町の甚兵衛店《じんべえだな》……そこに、そこに私の日記が……」

「うむ」

「事情は、そ、そこに……私の遺言……」

「岩井殿！」

急変した文七に求馬は声をかけた。

しかし、文七の息は、もうなかった。

「岩井、文七……」

求馬は、腕の中でなえていく岩井文七と名乗った小間物売りを、そっと地面に下ろすと、その目を掌で閉じ、じっと見つめた。

年の頃にして二十五、六と思える。

――しかし、なぜ小間物売りがこんな所まで……。

辺りは片や雑木林で、一方は田畑や草原が続いている。

行く手に寺院の屋根が見えるには見えるが、その向こうは小高い山が連なっている。

求馬は、人ひとり見えぬ川筋の道に立ち、やがてその眼は道灌山をとらえていた。


「その、岩井文七なる者の長屋にあった日記というのが、これだ。読んでみられよ」

求馬が一冊の日記を千鶴のもとに持ち込んだのは、ちょうど一日の診療が終わった夕刻だった。

求馬は、日暮里の人気のない山裾で一人の小間物売りが襲われて、命を落としたことを手短に話した後、その日記を出した。

怪訝な顔で、事のなりゆきを呑みこめずにいる千鶴に、まずこれを読んで頂く、話はそれからだと言い、帰って行ったのである。

それから一刻あまり、千鶴はお竹に燭台を用意させて自室にこもり、夕食もとらずに読みふけった。

読み進めるほどに、千鶴は次第に緊張に包まれていく。

その日記は、越後国《えちごのくに》刈谷藩五万石の不正にかかわる告発の経緯だった。

今から三年前のことである。

国表で台所の勘定を預かっている勘定方で、百八十両もの横領が発覚した。

帳簿の金と、実際に金庫にある金に違いが見つかったのである。

実見したのは、勘定方の杉江武一郎だった。

たまたま金庫の鍵を管理している組頭が、体調を崩して登城してこなかったその日、奥向きから急な出費を言いつけられて、杉江武一郎が鍵を開けた。

杉江武一郎は、その日のうちに、同輩の河原千之丞と、後輩の岩井文七に、証人として金庫の金を確認させた。

横領の張本人は誰なのか、武一郎の追及が始まった。

金の出入り、商人との取引額、一文たりとも逃さない綿密な調査が密かに行われたのである。

勘定方は組頭を入れて二十名、そのうち、鍵を預かれるのは二人の組頭と、補佐役二人の計四人、他の者が実際に金庫の金を自由に持ち出せるとは思えなかった。

調べはその四人に絞って行われたが、やがて動かぬ証拠を武一郎はつかんだのである。

それは、藩と取引のある商人に、返金したかのように装った、二重証書であった。

上に報告する時には、その偽証書を添付するために、金庫の金と帳簿は一致することになる。

偽証書は三枚、その合計が百八十両だった。

不正を行った張本人は組頭の荒井左内だということも判明した。

ところがその荒井が、国表を牛耳っている執政岩田富之助《いわたとみのすけ》と通じていることがわかり、杉江武一郎は河原千之丞と岩井文七に協力を求めて、江戸にいる家老多岐主計《たきかずえ》に訴えようと考えた。

何しろ藩の財政は、近年にない不作で疲弊《ひへい》していたのである。

民百姓ばかりか、士分の者まで節約に節約をしている時に、百八十両もの横領が発覚したのである。

放ってはおけないということになった。

ただ、当時岩井文七は、母を亡くして二人暮らしだった父親が急逝し、跡を継いだところであり、妻子はいなかった。

だが杉江武一郎と河原千之丞には妻子がいた。

それでも杉江武一郎は決行するというのであった。

しかし、計画が失敗すれば家族まで命を取られる。

そこで杉江武一郎は、妻子を先に江戸にやり、御府内に潜伏させた後決行に移そうと二人に言ったのである。

事実武一郎は、すぐにその処置をとった。

ところが国を出奔《しゅっぽん》する間際になって、河原千之丞が、あろうことか執政岩田にこの計画を暴露したことがわかり、武一郎と文七は、藩を出奔したその時から、刺客に追われる身となったのである。

道中は無事通過出来たが、千住に入ってから二人は追っ手に追いつかれ、死闘の末に散り散りになった。

今日まで杉江武一郎を探してきたのは、杉江武一郎が三枚の証拠の偽証書を持っていたからである。

それが手元になければ、藩邸に訴えることも出来なかったのである。

しかし、江戸に逃したはずの杉江武一郎の妻子の潜伏先もさることながら、武一郎の消息さえもわからずに三年が過ぎた。

諦めかけていたつい先日、文七は道灌山で武一郎が得意だった笛の音を聞いた。

月下恋である。

――武一郎は生きている。

文七は確信を持った。

しかし、生きているのなら、なぜ約束していた宿に現れないのか、新たな疑問がわいたのである。

――会うしかない。笛の主が武一郎かどうかも含めて、会って確かめるしかあるまい。腹を固めて長屋を出発するのだと、前日までの日記にはその心境と経緯を記してあった。

千鶴は、読み終わると、文机の上に日記を置いて、深い溜め息をついた。

五

「清さんが、杉江武一郎さん……」

おまきは、鞘の向こうから身を乗り出すようにして、千鶴に聞き返した。

「ええ、ご本人の清次さんが認めるかどうかは別にして、岩井文七という者の日記によれば、そういうことになります」

「そして、清さんには御新造さまもお子さまもいらっしゃったのですね」

「ええ」

「しかも、この御府内に……」

「ええ」

「そう……ちっとも知らなくて……いえね、私、清さんの年齢を考えると、きっと御新造さまはいらっしゃる、そう思っていました。でも、このお江戸にいたなんて」

やはりおまきは、複雑な表情を見せた。

清次を愛しているがゆえの、複雑な心情に違いない。

「おまきさん」

「先生、先生にお願いします。そういうことでしたら、一刻も早く、その御新造さんとお子さんを探してあげて下さいませ。御新造さんとお子さんの顔を見れば、きっとあの人の記憶も戻ると存じます」

「良いのですか」

「良いも何も、あの人が昔の自分を取り戻し、幸せに暮らしてくれることが、私の幸せなんですもの」

「……」

「先生、私、強がりを言ってるんじゃありませんよ。もともと、私、あんなお方と暮らせるような身分じゃなかったんですもの」

おまきはさびしげに笑った。

「そんなことはありませんよ、おまきさん」

「いいえ、先生はご存じないでしょうけど、あたしね、父親が誰だかわからない子なんですよ。母親にとっちゃあ生まれた時からいらない子だったんですよ。赤子のうちに、さっさと死んじまえばよかったんでしょうが、この通り人より丈夫な体に育っちまって」

「そんな風に言っては駄目です、みんな大切な命を授かっているんです」

「いいえ、先生、慰めはいいんですよ。実際、世の中そうじゃありませんか。命には重い命と、軽い命があるんです。いえね、あたしは、そう思って育ちました。実をいうとね、世間の奴等に、あたしの命、軽いなんて思わせてなるものかって……それで歯を食いしばってさ、本当に好きな人に、この操もささげようって、そんな風に考えてきたんですよ」

「……」

「自分の生い立ちを考えると、どんなに転んでも、清さんのようなお人と、夫婦のような暮らしの出来る人間じゃないんですよ。それが、いま先生から話をお聞きしましたが、清さんに事情があって、私と暮らすことになった。私にとっては、何て言うんでしょうね、棚からぼたもち……じゃないか。何て言えばいいかわかりませんが、まあ、天からおもいがけない幸せを恵んでもらったようなものでしたから……」

おまきはそこで、くすりと笑った。

何かを思い出している風だったが、すぐに話を継いだ。

「あたしは字も読めないしさ、美人でもないし……ただただ、がむしゃらに働くだけしか能のない人間なんです。取り柄がない。そんな私だから褒《ほ》めるにこと欠いて清さん、何て言ったと思います？……おまきは肌が綺麗だねって……」

おまきはまた笑った。

「それに、こんなことも言ったんですよ。こんなおまきを生んだお前のおっかさんは、きっとおまきのように、いい人だったんだねって……あたしを生み捨てた母親を褒めたんですよ。笑っちゃうでしょ。清さんて、そういう思いやりのあるお人でした」

「……」

「そういう人と、三年も暮らしたんです、私……清さんは私が縫った肌着を着てくれたし、私がつくった御飯も美味《おい》しいと食べてくれた……私、この三年の間に、一生分の幸せをもらいました」

おまきが発する言葉には、どこまでも、謙虚で、慎ましやかなものが現れていた。

千鶴は、一方で圧倒されるような思いで話を聞きながら、しかし一方では、切なくて、泣き出したいほどの衝撃を受けていた。

「先生、清さんは、間違いなく私の夫でした。でも、杉江武一郎様は、私とは縁もゆかりもない人です。清さんと暮らしたおまきの人生は、島流しで終わりになるんです。でも、杉江武一郎様の人生は、まだまだこれから、幸せになっていただかなくてはなりません。先生、杉江様のこと、よろしくお願い致します」

おまきは、鞘の向こうで手を合わせた。

「おまきさん。おまきさんの気持ち、清次さんはきっとわかっている筈ですよ」

「……」

「そこで、ひとつお尋ねしたいことがあるのですが、おまきさんが清次さんを助けた時のことですが、何か、書きつけのような物を持っていませんでしたか」

「書きつけですか……」

「ええ、それがなければ、先程も言ったように、杉江武一郎さんが命を賭けて成そうとしていたことも無になるのです」

「……」

おまきは、遠くを見るような目をして考えていた。だが、残念そうな顔を向けると、

「気がつきませんでした。あのお人が身につけていた物は、着ていた衣服だけで……先生」

おまきは、はっとして、

「一度私の長屋の押し入れにある木箱を見てみて下さい。あのお人の着ていた着物がそのまま入れてありますが、それに何かの手がかりがあるかもしれません」

「わかりました。ではそのようにさせて頂きます。また報告に参りますから、おまきさんも体に気をつけて、島暮らしは健康が第一と聞いていますよ」

千鶴は、慰めにもならぬ言葉を言って、立ち上がった。

「先生……」

おまきが、引き返そうとした千鶴を呼び止めた。

「清さんに伝えて下さい。私とは今日から見たこともない他人だと……」

「おまきさん」

千鶴は叱るように言った。

だがおまきは、

「それでいいんです。未練があっては、私、遠い島に行けないんですよ」

さらりと言ったが、千鶴は哀しい目で見返した。

牢同心有田万之助からは、島への出立は三日後に内定していると聞いている。

届け物のある囚人の身内には、その旨伝えられている筈だが、島流しになる囚人たち本人に正式に伝えられるのは、当日である。

どうしてやることも出来ない千鶴は、重い足取りで牢舎を後にした。

「これが……この杉江武一郎というのが、私だというのですか」

道灌山の小屋の中で、岩井文七がのこした日記を読み終えた清次は、まるで人ごとのような顔をして聞いてきた。

「そうだ。おぬしは、間違いなく杉江武一郎という御仁だ」

求馬が自信のある口調で言った。

求馬の側で見守っていた千鶴も、念を押すように頷いてみせた。

「この日記を書いた岩井文七なる小間物売りは、この山に来る途中の日暮里で殺された、つい一昨日のことだ」

「……」

「越後国、刈谷藩、勘定方、杉江武一郎、それがおぬしの本当の姿だ」

「……」

清次は、考え込むようにして、じっと日記を膝に置いて見つめていたが、

「しかし、私が杉江某という証拠はない」

心細そうに言った。

「いや、ある。一つはおぬしが吹く笛だ」

「……」

「月下恋という曲らしいな、この日記にも書いてあるが、その曲を岩井殿は、この山で聞いて、吹いているのがおぬしだと確信したのだ」

「月下恋……」

「おぬしは、笛を吹くのは、ひとりでに手が動くのだと言ったが、これは俺が知り合いの御能の笛師にも聞いてみた話だが、そこまでになるには、相当の習練をしている筈だと……」

「……」

「幻月という名は……覚えはないか」

「幻月……」

清次は、また考えに入る様子だが、過去を思い出すことはないようだった。

「千鶴殿」

求馬は千鶴を見て促した。

もはや最後の手段、千鶴が持参した物を、清次に見てもらうしかない、千鶴もそう思った。

「清次さん、これを見て下さい」

千鶴は、側に置いてあった風呂敷包みを解いた。

包みの中には、三年前に清次が着用していた小袖、袴が入っていた。小袖は袖が切れ、胸の辺りが切り裂かれていて、当時の死闘のすさまじさが伝わって来る。

だが、千鶴が清次に見せたのは、その襟元だった。

よく見ると、襟に不自然なふくらみがある。

「これを見て下さい」

千鶴は清次の注意を促して、その襟からおもむろに、油紙で包んだ物を出した。

更に千鶴は、清次の表情を読むように注意を払いながら、その油紙を開いた。

「これは……」

清次が問う。

「御覧になって下さい。不正を証明する証書です」

千鶴は言い、清次の手に、その証書三通を載せた。

清次の眼が突然光った。

穴の開くほどその証書を見続けた後、清次は突然大声を上げた。

「ああ……ああ……」

清次は、険しい顔をして、その証書を差した。指で叩くようにして差したのである。

その様子は、千鶴と求馬に何かを伝えようとしているようだが、その興奮はあまりにも強く、言葉になって出てこないようである。

すかさず求馬が、念を押すように聞いた。

「杉江殿、杉江武一郎殿ですな」

すると清次は、しっかりと頷いたのである。

失っていた過去を記憶の中に呼び戻した一瞬だった。

「杉江様……」

千鶴も感慨無量で、杉江武一郎の興奮した顔を見つめた。

武一郎は、証書をつかむと、小屋の外に走り出た。

千鶴と求馬も、武一郎の後を追って外に出た。

武一郎にかえった清次は、谷川に向かって跪《ひざまず》くと、

「文七、すまぬ」

肩を震わせて、泣いていた。

だがまもなく、ゆっくりと顔をもたげると、武一郎は窯の前に走り寄って、じいっとそこに並べられている焼き上がった陶器を睨《にら》んだ。

陶器はつい先日窯で焼いたものだった。

その大切な作品を、武一郎は突然鷲づかみにして、放り投げた。

陶器の割れる激しい音がした。

「えい……えい……」

武一郎は憑《つ》かれたように、茶碗をつかんでは投げ、皿をつかんでは投げていく。

千鶴はゆっくりと武一郎の面前に歩み寄った。

「おやめ下さいませ」

静かな声だが、ぴしりと言った。

武一郎は手を止めたが、いいようの知れない、哀しみと憤りがないまぜになったような表情で見返した。

「小伝馬町の牢にいる、おまきさんのことを考えて下さいませ」

「おまき……」

武一郎は呟いた。

武一郎は、記憶を取り戻すと同時に、今現在の有様も、ちゃんと頭に残っていたのだ。

千鶴がはっきりとそう思ったのは、苦労して焼き上げた陶器を叩きつけた時だった。

その行いの中には、使命を帯びていた筈の大切な時間を、記憶を失っていたとはいえ、むざむざ無駄にしたばかりか、のんびり焼き物をして過ごしていたという怒りが見え、そう感じるのは、昔と今とをちゃんと認識している証拠だと、千鶴は判断したのである。

しかもそれがために、後輩の文七を死なせてしまったという罪悪感は、武一郎の心を責めている筈だった。

しかし、だからといっておまきの純粋な清次への心を忘れてほしくないと思った。

「武一郎様の苦渋、わからないわけではございませんが、おまきさんがあなたを支え、そしてここで焼いたこの陶器を壊すということは、おまきさんと暮らした日々を否定するものではありませんか」

千鶴の言葉に、武一郎の顔には動揺が走り抜けた。

「確かにあなたの志はまだその途中にあります。大切な同志も失いました。しかし、あの時、三年前のことですが、あなたがあの不忍池のほとりの茂みの中で命を落としていたらどうでしょう。今ここに、あなたはいないのではありませんか」

「……」

「時期を逸したかもしれませんが、まだ終わってはおりません」

「千鶴先生」

「おまきさんだって、あなたが志を貫徹することを祈っています。あなたが昔の記憶を取り戻し、御新造さんとお子さんと、幸せに暮らすことを祈っています。おまきさんはね、あなたの記憶が戻らなかった三年間が、私の至福の時だったと言ったんです。そんな健気《けなげ》なおまきさんの心を忘れないでほしいのです」

「すまぬ。私はそういうつもりでは……」

「杉江殿。今からでも遅くはない。千鶴殿の言った通りだ。己の志を遂げられよ」

「菊池殿……」

「及ばずながら加勢を致す」

求馬は力強く言い、杉江武一郎を見た。

六

寺町を覆っていた白い霧が、俄《にわか》に上ってきた陽の光で、一枚一枚薄皮をはがすように晴れていったその路に、黒網代《くろあじろ》の駕籠が近づいて来た。

供の者もわずか二人、駕籠は寺町にある金桂寺に入った。

境内で駕籠は止まり、鬢《びん》に無数の白いものが走った初老の武家が駕籠から下りた。

武家は、越後刈谷藩江戸家老多岐主計だった。

六尺をそこに待たせて、多岐家老は二人の家来を連れて、墓地に入った。

多岐家老を守る二人の家来は、周囲に油断のない険しい目配りをする剣客のようである。

墓地にはいくつか線香が立ち上っていたが、三人はその一つ、先の藩主戸田大和守の墓地に向かった。

墓の前には先刻から、花や線香をたむけていたらしい人影があった。人影は、初老の武家の姿を認めるや、平伏した。

杉江武一郎だった。

黒の紋付き羽織に袴姿で腰には大小の刀を帯びている。

その側に畏まってつき添っているのが、菊池求馬と千鶴だった。

「多岐様、お久しゅうございます。このようなところまでお呼び立て致しまして申し訳ございません」

武一郎は言った。

「苦労だったな、杉江」

多岐家老の一声は、武一郎へのいたわりだった。

「御家老……」

武一郎は感涙にむせんだ。

「仔細は昨日菊池殿から聞いた。証拠の証書も預かった。すでに殿に報告し、江戸詰めの河原千之丞、それに岩井文七を殺した輩《やから》、生き残り三名はすでに藩邸内で捕縛ずみだ」

「はっ……」

「更に、殿は早馬にて国表にこのことを知らせ、執政岩田富之助、勘定方組頭荒井左内を殿の御名において捕縛し、殿が国表にお帰りになる明年春まで牢屋に入れておくよう御指示をだされた」

「ありがとうございます」

「礼を言うのはわしの方だ。良くやった」

「……」

「ついては今後のことだが、まずは岩井文七については遠縁の者に岩井家を継がせることと相成った」

「ありがとうございます。岩井も、草葉の陰で喜んでいると存じます。しかし、できるならば、岩井の敵《かたき》をこの手でとってやりたく存じましたが」

「それはならぬ。これからお調べもある。堪忍するのじゃ。きっと悪いようには致さぬ。このわしがついておる」

「……」

「で、そなたの方じゃが、即刻藩に戻るようにと、これは殿のお気持ちであられる」

「有り難いことでございます。しかし私にはその前に、妻と娘を探さねばなりません」

「潜伏先にはいなかったのか」

「どうやら妻は亡くなったようでございますが、娘は行方知れずでございました」

「何」

「まずはその娘を探し出してやらなければ……そのように考えおります」

「わかった。藩としても放ってはおけぬ。わしも手を尽くそう」

「おそれいります」

「遠慮はいらぬよ、杉江。お前も存じおる通り、わが藩の台所は風前の灯《ともしび》じゃ。奴等の横領が数年続いているとすれば、その金額はお前が証明した百八十両で終わる筈がない。五百両、いや、もっと多額の金が横領されている筈だ。わが藩にとってその金がいかに大切なものであったか、言うまでもあるまい。お前のおかげで不正が断ち切れたのじゃ。娘御が手元に戻るまで存分に探すがよいぞ」

「ありがとうございます」

「して、娘御の名は、なんと申す」

「はい、小夜と申します」

「うむ」

多岐家老は、武一郎を見て、杉江小夜じゃなと念を押した。

――小夜……。

千鶴は武一郎の横顔を見た。胸の中に密かな驚きがあった。

「お道さん、人体の骨格標本を見せて頂いていいですか」

庭から可愛らしい声がした。

付け木売りのお小夜だった。

お小夜は、いつものように付け木の束を入れた竹籠を背負っていたが、その背中には、竹籠と一緒に夕焼けを背負ってきたようだった。

「あら、お小夜ちゃん。もう付け木は売れたんですね」

最後の患者を玄関まで見送って戻ってきたお道は、お小夜の背中の籠を覗くようにして言った。

「ええ、全部」

「よかったわね。でもあれは、先生の許可を頂かないと駄目なのよ、調合室にあるものですからね、私の勝手にはできないの」

「でも先生はいいっておっしゃいました。見せてあげるから付け木を売ったら寄りなさいって」

「本当……」

「はい。今日柳橋のところでお会いしました。そうしたら、その時先生がおっしゃったんです」

お小夜は元気な声をあげた。

「じゃあどうぞ、そのかわり他のものにさわってはいけませんよ」

「はい」

お小夜は行儀の良い返事をすると、診療室を通って、調合室に入った。

骨格標本の前にちょこんと座ると、お小夜はそれを見ながら呪文を唱えるように、独り言を並べ始めた。

「頭蓋骨、頸骨、肋骨、胸骨、そして鎖骨、脊柱……」

ひとつひとつ、口ずさむたびに、目でそれを確認している。

お道はそっと覗いて苦笑していたが、物音に振り返って、驚きの声を上げた。

「千鶴先生……」

お道の驚きは千鶴ではなくて、その後ろに求馬と一緒に現れた武士だった。

お道は初対面だが、その武士は武一郎だった。

千鶴が武一郎に静かに頷くと、武一郎はゆっくりとお小夜の後ろに立った。そして、

「小夜……」

おそるおそる呼んだ。

はたと骨格を暗唱している声が止まると、お小夜はふわっと首ごと体をねじって武一郎の方に向いた。

「小夜……小夜」

武一郎は、驚愕して言葉を失ったような小夜に向かって、もう一度呼んだ。

「ちちうえ……」

お小夜が、幻でも見たような顔をして言った。

「小夜」

武一郎が力強く呼んだ時には、お小夜も泣き出しそうな顔をして、武一郎のもとに走り寄っていた。

「父上様、父上様」

「小夜、すまなかった。苦労をかけたな」

武一郎が抱き締めると、お小夜はその腕の中で、叫ぶように訴えていた。

「母上様が、母上が、亡くなりました。父上、母上は亡くなりました」

やはりお小夜はまだ十二歳、あの利発なお小夜が、まるで赤子のように父親の胸で泣いたのである。


「求馬様」

千鶴は永代橋の袂に立つと後ろを振り返って、求馬に一方を差した。

二人のまわりには、多くの見物人たちが群がっていた。

沖には本船の交易船に『遠島者御用船』の幟《のぼり》がはためいていて、その船のまわりには『御用船』と書いた小さな幟を立てた引船が何艘もむらがっていた。

御用船は本船が川口から沖に出る時に、曳いていく舟である。

おまきたち遠島者の船出の時刻も迫っているはずだったが、はしけ舟にはまだ囚人たちは乗船していなかった。

御船手番所から数珠《じゅず》繋ぎにされて出てくるのもまもなくかと思われた。

千鶴は求馬に頷くと、船番所に走った。

――一目おまきに会わなければならない、会って武一郎の心を伝えてやらなければならない……。

通常、島送りになる者との面会は許されてはいない。

家族や親類縁者は、牢屋から引かれて来た囚人の姿を見たければ、永代橋の袂からしか、見ることは出来ないのであった。

だが、千鶴は牢医師である。

囚人は島送りになるその日には、身内の者たちから許可された範囲の品物を島まで持っていくことが出来るのだが、牢医師からはひととおりの薬を官費によって与えられることになっている。

千鶴はそれにかこつけて、おまきに会おうと思ったのであった。

「何、おまきという囚人に、渡す薬を忘れたと申されるのか」

番所の役人は、渋い顔をつくって千鶴を見た。

医師の千鶴には、そうそう強いことも言えないのである。

囚人たちは、すでにぞろぞろと手鎖をされて表に出てきており、小役人の指図で順番に川岸と甲板を結ぶ踏み板を渡りはじめていた。

「持病を持っています。薬を渡すだけです」

千鶴は、有無を言わさぬ勢いで言った。

「承知したが、早くして下さい」

横合いから手水《ちょうず》同心が声をかけてきた。

「ありがとうございます」

千鶴は川岸に走った。

おまきが目の前に繋がれて歩いてきた。

「おまきさん」

「先生……」

おまきの方が、驚いた様子だった。

「先生、いろいろと差し入れをして頂いてありがとうございます。しばらく、島で、飢え死にすることはありません」

おまきは言った。

しかしおまきは痩せていた。

牢屋で十日ほど前に会っているのに、その時に比べると格段に痩せていた。

もう、生きる気力を失ってしまっているのかもしれない。

「おまきさん、しっかりね、あなたのお陰で、武一郎さんは志を遂げることができましたし、娘さんに会うこともできました」

「先生……」

おまきは、深く頭を下げた。

「お幸せになるように、お伝え下さい」

おまきは言った。

どこまでも、一緒に暮らした男の幸せを祈っているのである。

「清次さん……いえ、杉江武一郎様からですよ。預かってきました。これを渡したくて……」

千鶴はあわてて袂から、黄色い木綿の布に包んだ物を、おまきの両掌に乗せた。

おまきが怪訝な顔をして見返した。

その時である。

ボウ……ボウ……。

ホラ貝が鳴り始めた。

本船からの誘いの合図である。

「武一郎様が焼いたお茶碗ですよ」

千鶴は、はらりとその布をとってやった。

赤茶けた色の茶碗がひとつ……。

「……」

おまきは、黙って胸に抱き締めた。

「早くしろ」

腰の綱を引かれたおまきは、はしけ舟に乗り込んだが、ずっとその茶碗を抱いたまま、千鶴の方を見つめていた。

——せめて、家族が面会して見送ることができたなら……。

千鶴が手をあげて、おまきに振ったその時だった。

突然、月下恋の笛の音が聞こえてきた。

はっとして、千鶴はその方を見やった。

永代橋の中程に、一人の武士が無心に笛を吹いていた。

杉江武一郎だった。

千鶴はあわてて、本船に向かうはしけ舟を見た。

おまきが、茶碗を胸に抱いたまま、じっと橋の上を見つめていた。

第四話　霧雨

一

「泥棒猫だって……誰のことだい」

「へん、あんたのことさ。他にいるのかい、えっ」

突然女の怒鳴り声が、すぐそこの居酒屋の店先から聞こえてきた。

千鶴がお竹を伴って父東湖の墓参りに向かう途中のことである。

桂家の菩提寺《ぼだいじ》は新堀川沿いの竜眼寺である。浅草御門から鳥越橋に向かう大路に入ったところだった。大路を挟んで両脇は茅町というのだが、険悪なやりとりは、その茅町二丁目の表通りに面した店だった。

「千鶴先生、ああいう人たちにかかわらない方がよろしいですからね。知らんぷりして参りましょ」

お竹は千鶴に釘をさした。

医術に熱心なのはいいが、浦島のせいもあって、近頃何かと事件がらみの話に首をつっこむことが多く、そういう話には決まって危険が待ち受けていることから、正直お竹はひやひやしているのである。

千鶴は苦笑いして頷いた。

頷いたが、やはり気になる。

お竹と同じように、二人の女と顔を合わさないようにして歩を進めるが、耳は二人の言い争いに向いていた。

どうやら、言い争っている女の一人は店の女将で、もう一人はどこかの裏店の女房のようだった。

共に年齢は三十前後かと見受けられる。

「いいかい。あんたが猫なで声で亭主を誘わなかったら、こんな店に来るもんか」

「冗談じゃないよ、あんなもっさりした男、誰が相手にするもんかね。そんなに亭主のことが心配だったら、首に縄をつけとくんだね。とにかく帰っとくれ、こちらは開店前で忙しいんだから」

女将は店に引き返そうとして、背を向けた。

だがその背に、女房の罵声《ばせい》が飛んだ。

「人の話じゃ、あんたの男は追放だか島流しだっていうじゃないか。それで男ひでりなんだろ」

「なんだって、もう一度言ってみな」

女将は向き直ると、凄い形相で女房の胸をこづいた。

「やったな。ちくしょう」

こんどは女房が女将の足を思い切り蹴った。

「うっ……」

女将が腹を抱えるようにして蹲《うずくま》る。

「大袈裟《おおげさ》な……覚えときな」

女房は冷たく見下ろすと、地を蹴るようにして引き上げて行った。

「ううっ」

女将は顔を歪《ゆが》めて、膝をついた。

「たいへんだ、誰か」

通り掛かりの職人ふうの男が、女将に走りよって助けを求めた。千鶴たちは通り過ぎたところだったが、足を止めた。

「お竹さん」

千鶴はお竹を促すと、

「どうしました……」

蹲っている女将に走りよった。


「癪《しゃく》ですね。胃のあたりが少し腫れていますが、養生すれば大事ありませんよ」

千鶴はお竹と一緒に女将を店の中に抱え込むと、片側座敷になっている床の上で診察し、懐中していた丸薬を飲ませてやった。

四半刻もたたないうちに、額に脂汗をかいていた女将の顔が、次第に晴れ、

「先生、ありがとうございました。もう大丈夫です」

女将は名をお仲《なか》と名乗ると、丁寧に礼を述べ、薬代はいくらかと聞いてきた。

「いいのですよ、薬代なんて。それより、あんまり無理をしないで……こういう病気は心労が一番よくないのです」

「先生……」

お仲は、癪をおこして心細かったのか、先程の剣幕には似合わぬ、情けない声を出した。

「通りすがりのお医者様に、こんな治療していただいて、優しいお言葉を掛けて頂くなんて、あたし、世の中、鬼ばかりじゃないって、今つくづく思いました」

「何を言ってるの、これだけのお店をやってきたお人が」

「本当なんですよ、先生。あたし、世の中の人は誰も、あたしに味方なんてしてくれる筈がないって、その覚悟で頑張ってきたんですよ」

「そんなことがあるものですか」

「いいえ、先生もさっきの女の話、お聞きになったでしょ」

お仲は、ちらと千鶴を見た。様子を窺う、警戒したような目の色だった。

「あの女が言ってたとおり、あたしのいい人は島送りになったんですよ」

「いいんですよ、そんなこと話さなくっても」

「いいえ、聞いてほしいんです。先生、あたしの許嫁《いいなずけ》だった人は、けっして悪い人じゃなかったんです。腕のいい職人でした。両親を早くに亡くして、たった一人の妹を大切に育ててね。その妹があたしと仲良しだったんです。お清《きよ》ちゃんていうんですけど……」

「……」

「そのお清ちゃんが重い病になっちまって亡くなりましてね。そこからおかしくなってしまって、悪い男とつるんでね、人を刺してしまったんです。それから五年ですよ。あたしは島に流されたその人に届け物をするために、こうして寝る間も惜しんで働いて……でもね、だからといって、あの女が言っているように、よその男をたぶらかしたり、いい仲になったり、そんなこと、これっぽっちもしたことないんですから」

「ええ」

「それを、あんな風に言われたら腹もたちますよ、そうでしょ」

「お仲さん、わかる人にはちゃあんとわかっています。だからお店も繁盛して、こうして、この大通りに暖簾《のれん》を張っていられるんです。これからはもう少し、気持ちを楽にしてお暮らしなさい。いいですね」

千鶴は、言い置いて店を出た。

「先生、お名前を……」

お仲が走り出て来た。年甲斐《としがい》もなくはにかんでいた。

「千鶴といいます」

振り返った千鶴が言った。

「千鶴先生ですね、ありがとうございました」

お仲は手を合わせた。

「先生、いいことをなさいましたね。考えてみれば、大先生のご命日ですもの、千鶴様のお姿を草葉の陰でごらんになって、きっとおよろこびです」

お竹は、竜眼寺の和尚に挨拶を済ませた後、墓地へ向かいながら、そんなことを呟いた。

ああいう人とは関わらないほうがいいなどと言っていた癖に、竜眼寺の和尚が、

「桂東湖先生はお医者として、本当に立派なお方でございましたな。貧しい人にも分け隔てなく治療をなさって、先生のお力で命を救われた者がどれほどおりましたことか……」

などと昔語りをして東湖を忍んでくれていたのを、側で相槌《あいづち》を打って聞いているうちに、父が手を抜かず、人を選ばず、心を砕いていた姿を思い出したようだった。

千鶴もまた、石畳を踏みながら、父東湖の医者としての有り様を無言のうちに教えられていた日々を思い出していた。

千鶴は花と線香を持ち、お竹は桶を下げ、墓地に向かった。

あちらこちらにススキの穂が風に揺れている。墓地は初秋の色あいをみせていた。

「千鶴様」

お竹がしみじみと呼び掛けた。

「大先生がお亡くなりになった時、千鶴様は留学していた長崎から帰省の道中で、先生は千鶴様にお目にかかることかないませんでした。私がもう少し早くお知らせしておけばと、悔やんでおります」

「お竹さんのせいではありません」

「確かに先生は、病が重くなられても、千鶴には知らせるなと、勉学を妨げてはならぬとおっしゃいましたが、それはご本心ではなかったと存じますから……」

「お竹さん……」

「それにしても、何も知らぬ人たちは持病の肝の臓の病で大先生はお亡くなりになったと思っていらっしゃるのでしょうが、私はやはりあの事件のせいだと思っています。あんな事件に遭遇しなければと……それが悔しいのでございます」

お竹は、ここに来るたびに当時を思い出して繰り言を言う。

それは東湖が死ぬ三月前のことだった。

東湖は往診の帰りを二人組に襲われて脚に傷を負った。

たまたま通りかかった定町廻りの同心が賊の一人は捕まえたが、もう一人は闇に紛れて逃げ去ったという。

まもなくして東湖は、同心の訪問を受けた。

二人は書斎でなにやら話していた。東湖を襲った賊についての話だと思われた。

お竹は同心が帰った後、心配して東湖に尋ねてみたが、東湖は笑って案ずることはない、何も心配いらぬと言ったのである。

ただ一言、

「逆恨《さかうら》みをされたようだ」

そう言って笑っていた。

患者のことか、あるいはお竹も知らない医学の道においてのことか、お竹に思い当たるものはなかった。

東湖は医者として最善を尽くす人だった。どんな患者でも手を抜くようなことはしなかったし、薬礼の額で治療の内容を変えるような医者ではなかった。自身の生き方になんら恥ずべきところのない東湖は、自分を逆恨みして刃を放ってきたその者に、むしろ同情したくらいであったろう。たいして気にもとめてない様子だった。

ところが、この時負った傷が、思いがけなく東湖の体に悪影響を与えたのである。

「脚に傷を負ったぐらいでじっとしているわけにはいかぬ。患者はこうしている間にも一刻も早く治療を受けたいと待っているのだ」

そんなことを言いながら、治療を続けていた東湖は、高熱を出した。

その熱が傷からきたものだと判断した東湖は、弟子のとめるのも聞かず、自分で強い薬を調合して飲んだのである。

しかしそのことが原因で、今度は肝の臓が弱ってきたらしく、日に日に東湖は弱っていき、新たな病気も併発したりして、ついに命を落としたのであった。

お竹はここに墓参りに来るたびに、その話を繰り返すのだが、千鶴は胸が締めつけられるような思いにかられる。

自分が留学していなかったら……そう思うと、辛かった。

「私はね、先生。あの時大先生を傷つけた人間を一生許せない、会ったらこの手で殴りつけてやりたい、そう思っています」

お竹は眉をつり上げて言うのだった。

「お竹さん、あの人、誰でしょうか」

千鶴は、東湖の墓の前に立ち、じいっと墓を見詰めている一人の男に目を止めて言った。男は町人で、色が黒く痩せていた。

だが、千鶴たちが足を早めて近づこうとしたその時、ちらっと横目でこちらを見ると、千鶴たちを避けるように足早に去って行ったのである。

その時の険しい面立ち、俊敏な立ち去り方には、どこかで体を鍛練していたような、そんな気配が窺われた。

「あら、今の人かしら……」

お竹は墓に走りよって、供えられている菊の花と、まだ煙のたち上っている線香を見て言った。

「ええ」

千鶴は相槌を打ちながら、男が去った方を見た。

すでに男の姿は見えなかった。

「変な人ね」

お竹は、ぶつぶつ言いながら、墓石に水をかけている。

確かに変な話であった。

東湖の患者は幅広い。

命日を覚えていてくれて、お参りをしてくれる者たちもいるだろう。その人たちの中に、険しい面立ちの人間がいたって不思議はないが、今逃げるように去って行ったその者が、東湖の患者だったとしたら、なぜ千鶴の顔を見て逃げねばならなかったのか、千鶴にはそこのところが合点がいかなかった。

「お父様……」

手を合わせた時、千鶴は背後に視線を感じていた。

先程、狼狽したように立ち去った男もそうだが、千鶴はいま自分が、受けたこともない見知らぬ視線を感じた時、父の死にまつわるその事件とやらを考え始めていた。

二

「千鶴先生、このお方が定町廻りの新見彦四郎《にいみひこしろう》殿でござるよ」

浦島亀之助が、今川橋袂にある蕎麦屋に千鶴を呼び出して、三十過ぎと思える同心を紹介したのは、まもなくのことだった。

「新見彦四郎でござる」

紹介されて千鶴に頭を下げた彦四郎が、顔を上げて千鶴を見た時、その視線の鋭さ、相手の表情を読もうとする目は、まさに亀之助などには備わってない定町廻り同心のものだと思った。

千鶴は常々、自分がつき合っている同心のうち、亀之助ほどのんびりして見える男はいないないと思う時がある。

その亀之助が言った。

「この新見殿が、千鶴殿のお父上、東湖先生が襲われた時、賊の一人を捕まえたお方です。私が中に入って千鶴殿に報告するよりも、直接あの事件に関わった新見殿に聞いて頂くほうが良いかと思いましてね、新見殿に無理を言って時間を頂きました」

亀之助は、そうとう新見に気をつかって、それで蕎麦屋に誘ったものと思える。

常々捕物においては、千鶴の力を頼りにしている亀之助である。それだけに、千鶴のために役に立とうとする亀之助の心情は、健気《けなげ》でもあった。

「いや、あの時逃がしたもう一人の男は、その後も放置されたままですから、私としても気にはなっているのですが、なにしろ日々、新しい事件に追われっ放しで……」

新見は言って、ちらと亀之助の横顔を見る。

「お忙しいところを申し訳ございません。浦島様からお聞きかと存じますが、当時の事件のことをお話し頂けないものかと存じまして」

「しかし今頃、なぜ……」

「少し気にかかることがあるのです」

「ふむ……そういうことでしたら、その気にかかることを私に話して頂けますかな」

「ええ。私が聞いたところでは、父を襲ったのは二人組だということですが、一人は捕まったが、一人は逃げたと……それはいま新見様もおっしゃいました」

「うむ」

「実は先日、父の墓の前から逃げて行った者がおります」

「お父上の……」

新見は、きらりと厳しい視線を送ってきた。

「はい。見たこともない人でしたが、その後、ずっとわたくしは尾けられている感じがするのです」

「何……もしかして、狙われている。そういうことですか」

「いえ、殺気立ったものではありません」

千鶴は慎重な言い方をした。

その何者とも知れぬ気配は、いつも一定の距離をもって千鶴を見ている、そういうものであった。

亀之助が横合いから新見に言った。

「千鶴先生は小太刀をやります」

新見は頷いた。

「なぜ私を尾けるのか、その理由が思い当たりません。それでふと、父の事件のことを思い出したのです。一人は捕まったが一人は逃げているということを」

「面目もござらん」

新見は申し訳なさそうに言った。

「いいえ、責めているのではございません。わたくしの家には当時から家の中のいっさいを取り仕切ってくれている、お竹さんという人がおりますが、その人にさえ、父はなんでもない、心配するなと言ったようです。父は周りの者に事件のことは何も言わずに亡くなりました」

「わかった。それで事件の詳しいことを聞きたいと、そういうことですな」

「はい」

千鶴は、神妙な顔で見返した。

「実はあの事件は、不可解な事件でした……」

新見は、組んでいた腕を解くと、事件の経緯を話したのである。

それによると、捕まえた男は弥次郎《やじろう》という男だった。

その弥次郎には可愛がっていた妹がいた。

兄一人妹ひとり、両親を早くに亡くしてこの世で二人ぽっちになった兄妹は、幼い頃から体を寄せ合うようにして大きくなった。

弥次郎にとって妹は、かけがえのない人だった。

ところがこの妹は体が弱かった。

あちらこちらの医者に診《み》せたがよくならず、当時も妹のことを心配しながら江戸を離れた。

それというのも弥次郎は、親方と一緒に地方に仕事に出かけなければならず、それが一月、二月かかるというので、妹の体を案じながら江戸を離れたのである。

ところが帰ってみると、妹は病が悪化して死んでいた。

弥次郎は荒れた。

酒に溺れ、やったこともない博打《ばくち》にのめり込んだ。

やがて親方から勘当されて、なにもかも失った弥次郎に、博打場で、妹が死んだのは東湖という藪医者のせいだと教えてくれる者がいた。

俺も東湖には恨みがある。一緒に恨みを晴らそうじゃないかと話を持ちかけられた弥次郎は、当夜、その者と一緒に、東湖を襲ったというのであった。

そこまで話すと、新見はきっぱりと言った。

「弥次郎の逆恨みでした。私は東湖先生にも話を伺いましたが、東湖先生は、弥次郎の妹から薬礼もびた一文もらってはいませんでしたよ。ただただ哀れに思って手当てしてやっていたんです。それをあの男は……ところが東湖先生は男の暴挙を不問に付すとおっしゃいました。ご自身の医療行為に微塵も人からとがめられることがないという自信がおありだった。いわば弥次郎は、大恩ある先生を傷つけたことになるのです」

「……」

「そこいらの喧嘩で人を傷つけたのとはわけが違います。弥次郎は島送りになりました」

「では、もう一人の賊は、どんな恨みがあったのでしょうか」

「わかりません。弥次郎もそこのところは聞いてはいなかったようですから、つるんだ男がどんな恨みを持っているのか、話もよく聞かないうちに、短慮なことをして、馬鹿な男です」

「……」

「千鶴先生、その逃げた男がまたこの江戸に舞い戻って、千鶴先生をつけ回しているのかもしれませんな……」

「その者ですが、何者ですか」

「それが、弥次郎も賭場で知り合っただけで、よくは知らなかったようです。儀《ぎ》三《ぞう》と名乗ったそうですが、賭場をあたりましたが、常連ではなかったようで空振りでした。おそらく、弥次郎に近づくために偽名をつかっていたのではないかと見ています」

「すると、弥次郎さんは踊らされていたってことですね」

「その通りです」

新見は渋い顔で頷いた。

――そういうことなら、父を襲った本当の悪人は、そのまま放置されたままということになるではないか……。

千鶴は俄《にわか》に不安に包まれていた。

突然、千鶴が酔楽に呼ばれたのは、風をともなう雨が降った翌日だった。

雨は止み、澄み渡った空に、その風だけが吹いてくる。

雁渡《かりわた》しだと思った。

千鶴が父の死の知らせを受けて長崎から江戸に帰ってくるその道中で雨に降られた時、旅先の宿でその言葉を聞いた。

雁渡しは初秋に雨を伴って吹く北風のことで、この頃から急に秋らしくなり、やがて雁などの渡り鳥が渡って来るのだという。

確かに近頃はひと雨ごとに涼しくなっている。

暦の上ではとっくに秋だから、涼しいのは当然ともいえるのだが、忙しくしていると、かなり冷えこんでくるようにならないと、はっきり秋だと自覚できないところである。

ところがお竹は季節の節目節目をきちんと把握しているようで、今日も千鶴の腕には、お竹から託された風呂敷包みが抱えられている。

その中には、お竹が酔楽のために縫った袷《あわせ》の下着二枚と、しじみ飯が入っている。

お竹は、男所帯の酔楽の暮らしを、千鶴が心配しているのを慮《おもんぱか》って、こうして何言わずとも、きちんきちんと手を尽くしてくれるのであった。

――あっ……。

千鶴は、根岸の里に入ったところで、無数の鳥が隊を組んで渡って来るのを見た。

――お父様……。

この時節は、毎年千鶴を悲しみに誘うのである。

「これは、若先生、おいでなさいやし。親分も首を長くしてお待ちでございやす」

居候の五郎政が、田圃《たんぼ》の分かれ道と呼ばれているところまで、わざわざ千鶴を迎えにきていた。

「お荷物をお持ち致しやす」

五郎政は町のちんぴらだったから、物腰や言葉がすべてやくざ調子で、千鶴などは一緒に歩くのは恥ずかしいと思う時がある。

しかし五郎政は、そんなことには頓着《とんちゃく》なしで、若先生、若先生と、千鶴を下にも置かない扱いようなのである。

「おじさま……」

千鶴は、縁側で町人と話している酔楽に挨拶をした。だが、町人の後ろ姿を見て、息を呑んで立ち尽くした。

「来たか……しかしその顔は、もう気づいたようじゃな。まっ、座りなさい」

酔楽は手招きして、自分の側を差した。

「あなたは、父の墓地で会いましたね」

千鶴は酔楽の側に座るや、厳しい声で俯いている男に言った。

「へい」

「私を尾けまわしていたのも、あなたですね」

千鶴は畳み込むように言った。

「へい」

男はおそるおそる顔をあげた。目も鼻も堂々としているが、すくい上げるように見上げた眼には、追いつめられた者がみせる暗くて不安げな色が漂っていた。

「何故、そんなことをするのです。おじさま、どうしてこの人がおじさまの所にいるのですか」

「まあまあ、そうせっつくな。順番に説明する」

酔楽は苦笑して、千鶴の言葉を遮ると、

「紹介しよう。この男は、お前の父、東湖を刺した弥次郎だ」

「おじさま……」

驚いて見返した千鶴に、酔楽は頷いてみせ、話を続けた。

「先だっての船で、ご赦免《しゃめん》になって戻ってきた男だ。それで東湖の墓参りに行き、そなたに会った」

「……」

弥次郎は、また俯いて聞いている。

その横顔をじいっと見つめながら、千鶴は怒りが込み上げてきた。

——あの傷さえ負わなかったら……。

お竹の声が、ずっと千鶴の胸にあった。

その傷を父に負わせた張本人が目の前にいるのである。さすがの千鶴も平然としてはいられなかった。

「千鶴、この弥次郎は東湖に娘がいたことなど知らなかったのだ。墓参りに行き、お前を見かけ、住職に東湖の娘だと聞いた弥次郎は、せめてそなたに詫びたいと思った。何度もそなたの後を尾けてみたが、どうしても言い出す勇気がない。そこでこの俺を訪ねてきたのだ」

「本当に申し訳ないことでございやした。いまさらでございますが、お嬢さんにお詫び申し上げたいと存じやす」

弥次郎は、座り直して、床に頭をつけた。

千鶴は返事ができなかった。黙然として弥次郎を見た。

そう酔楽に言われてみれば、潮風になめされた浅黒い肌、手をついているその指の節くれ立った有様など、島での厳しい暮らしに耐え抜いたものが窺えた。

しかしだからといって、父に傷を負わせたことを、許せるものではない。

千鶴は弥次郎に返事もせず、その目を酔楽に向けた。

「わしが何故この者を知っているかというとな。そなたの父に頼まれて、罪の軽減を願い出たからじゃ」

「父が、罪の軽減を……」

「そうだ。傷を負ってすぐのことだ。捕まったのが自分が診ていた患者の兄だと知り、犯行に及んだいきさつを、取り調べた同心から聞いてすぐあとのことだ。わしが見舞いに行くと、嘆願書を出してくれという。それでわしが東湖の代わりに出してやったが、その時一度この男に会ったことがある。この男が大番屋から小伝馬町の牢屋に引かれて行くその日だったと思うが、わしは東湖の気持ちを伝えてやって、なにもかも正直に白状しろと言ったことを覚えておる。その時のことをこの者は覚えていて、このわしを訪ねてきたのだ」

酔楽はそう言うのである。

――父は、どこまで人がいいのか。

酔楽の話を歯噛《はが》みする思いで聞いていた千鶴に、弥次郎が言った。

「お嬢さん。お怒りは重々、あっしはよくわかっておりやす。今更言い訳をしても遅いのですが、あっしの両親は藪医者にかかって、あいついで命を落としました。妹が亡くなった時、まずそのことが頭に浮かんできやしたが、すぐに打ち消しました。しかしあっしは、桂東湖という先生が、どんなに慈悲深い、患者を思う先生なのかということなど知らなかったのでございやす。そんなおり、賭場で出会った儀三という男が、東湖は藪だ、おめえの妹は試し薬を施されて殺されたのだと、耳打ちしてきたのでございます。それで少し懲らしめてやったらどうかと唆《そそのか》されて……本当に馬鹿なことを致しやした」

「……」

「そんなあっしに先生は、罪を軽くしてやってほしいと願いを出してくれたんでさ。その時は、あっしも半信半疑でございやしたが、流されていた八丈島に許嫁だった女から手紙がめえりやして、その手紙に、先生がどれほど尽くしてくだすったのか書いてございやして、なにもかもあっしの勘違い、逆恨みだったということがわかったのでございやす」

「それからというもの、この男は、赦免を受けて江戸に戻り、詫びることだけを考えていたようだ。そうだな」

酔楽は念を押すように言った。

「へい。ですから、お嬢さん。煮るなり焼くなり、このあっしを好きなようにして下さいまし。死ねとおっしゃるのなら死にます」

「あなたに死んでもらったからといって、父が亡くなったいま、どうしようもないことです」

「お嬢さん……」

「あなたが妹さんを大切に思っていたように、わたくしにとって父はかけがえのない人でした。でもいまさら……」

「すまねえことです」

「わたくしが言えることは、せっかく救われた命です。父の意を無駄にしないで下さい」

千鶴は立ち上がった。

このままここにいたら、言わなくてもいいことを口走りそうで怖かった。

――父のように寛容にはなれない。

うなだれている弥次郎をちらと見下ろしてから、千鶴は酔楽に目礼して外に出た。

三

「お道ちゃん、ちょっと寄り道してもいいかしら」

本所の料理屋の女将を往診して外に出たところで、千鶴はふっと茅町の居酒屋の女将お仲のことが頭に浮かんだ。

ずいぶん威勢のいい女将だったが、あれから半月は経つ。その後、あの癪はおさまっているのかどうか気にかかった。

「いいですよ。先生のいらっしゃるところなら、どこへでも」

お道は快活に言った。

千鶴は手短に、お仲のことを説明しながら、両国橋を渡るとさらに柳橋を渡った。

「先生、私が言うのもなんですが、親譲りなんですね」

お道はくすくす笑う。薬礼ももらわない患者にそこまで気を配るのかということらしい。だがすぐに、

「でも、先生のそういうところが好き。求馬様だってきっとそう」

いたずらっ子のように首を竦《すく》めた。

「求馬様が……」

「嫌だ、先生。気がついていらっしゃらないのですか。求馬様は、先生をお嫁さんにしたいのじゃないかしらね」

お道は片目をつぶってみせた。

「お道ちゃん、なんてこと言うの。求馬様に失礼ですよ」

「いいえ、そうに決まっています。あのね、求馬様に縁談があったのご存じですか」

「いいえ」

「これは私、浦島様にお聞きしたんですが、そうそう、先生が酔楽先生のところへお出かけの時、浦島様がふらっとやってきたんです。その時ね、どうやら求馬様に縁談が持ち込まれたようだけど、断ったらしいんだよっておっしゃったんです」

「まあ……」

「それも相手は、三百石のお嬢様だっておっしゃるんです。この上ないお話なのに……だから浦島様はお二人の仲を疑って」

「まさか」

千鶴はころころ笑った。

「ほんとです。浦島様は苦虫嚙み潰したような顔をなさって……そうそう、先生、いつだったか定町廻りの新見様とかおっしゃる同心にお会いになったんですよね」

「ええ」

「その新見様も、どうやら千鶴先生に興味がおありのようだって、そんな話まで持ち出して、浦島様はぶつくさ言ってましたからね」

「まったく、困った人ね浦島様は……」

「そうですよ、ご自分は何も関係ないじゃありませんか。だって、御新造さんに愛想尽かしされて出ていかれて、千鶴先生のことなんて心配できる立場じゃないのに、そうでしょ」

「お道ちゃん」

千鶴は話を遮った。

「もう、先生ったら……」

お道は口をとんがらしたが、すぐにそんな話はけろっと忘れて、薬箱を片手に、千鶴にすいすいとついてきた。

千鶴はほっとした。正直、求馬の縁談の話を聞いた時には、胸の中が小さく騒いだのをはっきりと知ったのである。

初めての経験だったし、考えてもみないことだった。それだけに、胸の内をお道に知られてはならないという気持ちが足を早めた。

この頃は日を追って暮れるのが早くなる。

西の空はまだ明るいが、千鶴が急いでいる路にはすでに夕闇が忍びこんでいた。

千鶴は小気味良く袴を捌《さば》いて、あの居酒屋の前に立った。

その時である。

「止めなさいよ、ちょいと！」

あのお仲の大声が店の中から聞こえたと思ったら、懐に手をさし入れて、お仲の声を振り切るように男が表に走り出て来た。

「あっ……」

男は声にならない声を上げて千鶴を見た。

「弥次郎……」

驚いて呟く千鶴に、弥次郎はぺこりと頭を下げると、すぐに茅町の路地に走り込んで消えた。

「ちょいと、お前さん」

お仲が血相をかえて出てきたが、

「先生……」

千鶴の姿を見て、立ち尽くした。

「いったい、何があったのですか。あの者が何か致しましたか」

「先生……千鶴先生は、東湖先生のお嬢様でいらしたんでございますね」

「え、ええ」

「知らぬことだったとはいえ、お詫びのひとつも申し上げずに、本当に申し訳ございませんでした」

お仲は、泣きそうな顔をして手を合わせた。

「いったいなんの話ですか」

はっとして千鶴が聞き返すと、

「ちょいと、すみません、ちょいとお立ち寄り下さいませ」

お仲は千鶴の手を取るようにして店の中に招き入れると、

「おみねさん、あとを頼むよ」

小女に声をかけると、千鶴を板場の裏の小部屋に誘った。

「実は先生、私が前に打ち明けた私の許嫁が、あの弥次郎さんだったんです」

お仲は申し訳なさそうに言った。

「まあ……じゃあ、あなたが、島流しになった弥次郎さんに手紙を書いて、父の診療はけっして妹さんの命を縮めたのではないって、そういってくれた人だったのですか」

「はい。弥次郎さんの妹さんは、お清ちゃんて言ったんですが、弥次郎さんが江戸を離れている間、私が食事を運んでいましたから、どんなに、東湖先生に手厚い医術をほどこしてもらったのか、よくよく見ておりました」

「……」

「それをあの馬鹿は……いえ、弥次郎さんは、どこでどうおかしくなっちまったのか、あたしの所にも来なくなったと思ったら、誰かに唆されて先生を襲ったって言うんでしょう……私、情けなくって、死罪にでもなんでもなればいいって思ったものです。でも、島流しになった後から、お役人様から、東湖先生が罪が軽くなるよう嘆願書を出して下さったと聞きましてね、それで島に手紙を送ったのです」

「……」

「へたな字で送ったんですよ、私……」

「ありがとう、お仲さん」

「ありがとうはこちらですよ先生。でもね、先生、あの人は字が読めません。きっとお役人か誰かに読んでもらったのだと思いますが、ずっと手紙は油紙に包んで持っていたといいます。でも、江戸に戻ってみると先生はお亡くなりになっていた。自分が傷つけたことがもともとの病気を悪くしたのだと聞いて、あの人、先生の敵《かたき》を討つんだって、だからあたしとは金輪際《こんりんざい》縁を切ってくれって、それを言いにここに来たんですよ」

「お仲さん」

千鶴は驚いてお仲を見た。

酔楽の家で弥次郎に会ってから、もうずいぶんになる。

弥次郎がそんなことを考えていたとは、夢にも思わぬ千鶴であった。

「私はあの人が江戸に帰ってきていることは知りませんでした。あの人がここに来たのは、私に、いつまで待っても夫婦にはなれねえ、そのことを伝えておこうと思ったと、そういうのでございます」

「わかりました。弥次郎さんを探しましょう。心当たりはありませんか」

人には言えぬが、弥次郎だけは許せないと思っていた千鶴だったが、なぜかそんな心とは裏腹の言葉が出た。

父が怪我を負いながらも助けようとしたその男を、このまま放っておいては父に申し訳ないと思ったのである。

「千鶴先生……あの人、千鶴先生に憎まれても恨まれても仕方がないのに、それなのに」

お仲は、潤んだ目で千鶴を見返した。

「行き先は？」

「わかりません。ただ、自分を嵌《は》めた悪い奴はみつけた。覚悟はしている。もう二度と会えないと思っていてくれって、そう言って……」

お仲は途方にくれた顔をした。

弥次郎は闇に消えたようだった。

千鶴は父の位牌の前で、弥次郎の無事を祈っていた。

こんなことなら、酔楽の家でもう少し弥次郎の気持ちを聞いてやればよかったと、自分の心の狭さを後悔し始めていた。

同時に、父を襲った首謀者が、千鶴などには考えも及ばないほど手強い相手であろうことも想像できた。

その者は、弥次郎のように軽々しく動く人間ではなく、闇の向こうから腰を据えて弥次郎のような人間を操れるしたたかな人間だと思った。

――もしや、父が治療を施したが命を救えなかった家族や身内ではないだろうか。

ふっと、そんなことも頭をよぎって、千鶴はお道も手伝わせて診療記録を調べてみたが、これという人物は浮かんでこなかった。

酔楽にも尋ねてみたが、

「医者は病気を治してこそ先生だが、勝手なもので世間はそういう評価しかしない。逆恨みを受ける医者は東湖だけではない。そんなことは気にするな」

酔楽はにべもなかった。

千鶴は立って障子を開けた。

部屋から庭に灯の色がこぼれ落ちている。

その灯の輪の中に、細かい雨の降るのが映った。

霧のような雨だった。ひんやりとした風を伴っていた。

「おい、千鶴」

父の声が霧の向こうから、聞こえて来るようである。

「お父様……」

奇《く》しくも弥次郎の出現で、改めて父の姿を思い出すことになった千鶴は、闇に降る霧雨を見つめて涙をぬぐった。

「千鶴先生、求馬様です」

足音に気づいて振り向くと、お道がただならぬ顔をして立っていた。

「どうしました」

「急患です」

「すぐに診療室へ運んで下さい」

急いで部屋を飛び出して診療室に飛び込んだが、求馬が大腿部を斬られ呻いている男を介抱しているのを見て驚いた。

「弥次郎さん」

その男は弥次郎だったのである。

い」


「この者を知っているのか」

求馬がもがく弥次郎の手を押さえつけながら、千鶴を仰いだ。

「ええ。とにかく手当てが先です。お道ちゃん、消毒と縫合の準備をして下さい」

「はい」

お道が、手際良く準備にかかる。

「先生、すまねえ。申し訳ねえ」

弥次郎は蚊の鳴くような声を出した。

「黙って。いいですか、傷を縫い合わせますから、歯を食いしばって辛抱しなさい」

千鶴は叱りつけるように言うと、手早く消毒して、有無をいわさず縫合した。

傷は刀傷で深く、十四、五針は縫ったが、咄嗟《とっさ》の時の、鬼気せまるような手早い医術を、求馬も唖然《あぜん》として見つめていた。

「お道ちゃん、痛み止めのお薬をね」

お道に指図して、千鶴は改めて求馬に向くと、弥次郎とのかかわりを話したのである。

「そうか、そういうことだったのか。いや俺はたまたま行き合ったのだ。この男は神田堀にかかる甚兵衛橋で、この者を尾けてきたと思われるならず者たちに襲われてな、それで俺が助けてここまで連れてきたのだが……おい、そういう事情なら千鶴殿にちゃんと説明しろ」

求馬は弥次郎をぐいと睨《にら》んだ。

「だ、旦那……」

弥次郎は口ごもった。

千鶴が畳みかけるように言った。

「弥次郎さん、話して下さい。父の死を本当に悲しんで下さっているのなら、もう隠しごとは駄目ですよ。いいですか」

「……」

「弥次郎、話せ。どうあれ、その傷では東湖先生の敵は討てぬぞ。話して俺に任せてみろ」

「旦那……わかりやした、お話しします」

弥次郎は観念したように口を開いた。

江戸に戻って東湖が亡くなったことを酔楽から聞いた弥次郎がまず考えたの

が、東湖に貰ったこの命で、東湖の敵を討つことだった。

東湖の墓参りをし、かつての許嫁に別れを告げ、その後は回向院《えこういん》の門前にある飲み屋『ふくや』で儀三の現れるのを待つことだった。

弥次郎が博打の行き帰りに、ふくやで管《くだ》を巻いていたところを儀三に声をかけられたからである。

儀三は金を持っていた。

賭場で負けが込むと、横からさっと金を融通してくれたのも儀三だった。

親方にも勘当され、許嫁のお仲からも愛想尽かしされても、儀三だけは弥次郎の側にいてくれた。

その儀三が、桂東湖を藪医者だとののしったあげく、恨みを晴らす気はないかと誘ってきたのも、ふくやだった。

その時儀三は、東湖への恨みは、俺が世話になっている先生の恨みでもある。東湖を殺した暁には、その先生におめえのことを頼んでやるぜ、儀三はそう言い、弥次郎の今後の暮らしも保証してやると言ったのであった。

「東湖先生の敵を討つためには、儀三ばかりか、その裏で糸を引いている黒幕をやらなくちゃあ意味がねえ。あっしはそう思いましてね。ずっとふくやで待っていたんでございやすよ」

弥次郎は言い、千鶴を、そして求馬を見た。

「儀三は江戸にいる。そう考えたのだな」

「へい」

「襲われたところを見ると、なにかつかんだ、そういうことだな」

「へい。儀三は三日前、ようやく店に姿を現しやした。まさかあっしが島から帰っているなんて思ってもいねえ。奴は店を出ると、回向院の裏手にある町屋に入っていきやした」

「何」

「町屋といっても、大きな屋敷でさ。近所で聞きましたら、いつのまにか、そうです、東湖先生が亡くなられてまもない頃から、祈禱師《きとうし》が住むようになったようです」

「祈禱師だと……名はなんと言うのだ」

「玄覚坊《げんかくぼう》とか」

「玄覚坊」

「へい。わかったのはそこまででございます。あとひと息、そう思っていたところを、逆に尾けられて、やられやした」

「よし、わかった。あとの事は俺に任せろ」

「求馬様」

千鶴は首を横に振った。

父のことで求馬の手を煩わすわけにはいかないと思ったのだ。

だが求馬は、

「泉下のお父上も、真犯人が野放しでは浮かばれまい。それにこの弥次郎にしたって、自分を陥れた者が涼しい顔をして生きている、それを指をくわえたまま見逃すことなど出来る筈がない。新たな人生を踏み出すこともかなわぬ。そうだな、弥次郎」

「へい、その通りでございやす」

「よし決まった。弥次郎、その儀三とやらの、人相を教えろ」

四

求馬が弥次郎から聞いた儀三を尾け始めたのは、翌日の昼過ぎ、八ツ半頃のことだった。

儀三は、飲み屋のふくやに、何の警戒もなしに、ふらりとやって来た。

飲み屋の小女の話によれば、儀三はもとは渡り中間だったというのだが、それにしては青白い顔をした男だった。ただ、目の配りは鋭かった。頬には陰険な陰が走り、身のこなしも軽かった。

ただの中間でないことは確かだった。

儀三はそこで腹拵《はらごしら》えをして、両国橋を渡ると、通油町《とおりあぶらちょう》の通りを西に向かった。

浜町堀に出ると堀端を伝うように南に向かった。

そして栄橋から富沢町に入ると、一軒の蕎麦屋に入った。

求馬も後を追って店の中に入った。

すると、店の一番奥にある板の間で女が待っていたらしく、儀三が上にあがるのが見えた。

女は三十前後かと思えた。ひどく疲れた様子だったが、きれ長の目をした色白の女だった。

ちらと奥を見た一瞬に、求馬はそれだけのものを見てとっていた。

板の間は三尺ほどの衝立《ついたて》で仕切られていて、全部で三組の客が上がれるようになっている。後は腰掛けだった。

求馬は、店の小女に小粒を握らせると、二人が座っている隣の囲いの中に腰を据えた。

衝立の向こうは、しいんとしていた。

やがて小女が、隣にも求馬の方にも蕎麦を運んで来たのだが、隣の席で蕎麦をすする音はしなかった。

代わりに女のすすり泣きが聞こえて来た。

「泣かれても困りますよ、御新造さん。約束は約束なんだから」

儀三の、感情のない冷たい声が聞こえた。

「でも、夫は亡くなりました」

「そりゃあ養生が悪かったんです。玄覚坊様のせいじゃない。とにかく、約束は約束です。店を売るなりなんなりして、いいですか、明日までに五十両をここに……」

「無理です。すべて、お金になるものはお渡ししました。もう、かまどの灰しかうちにはございません」

「まだあんたの体があるじゃないか」

儀三は遠慮のない粘り気のある声で言った。

女の声は聞こえなかったが、衝立のこちらにいても、息詰まるような緊張にあるというのは、物音ひとつしない空気で窺えた。

「明日、もう一度ここで待ってまさ」

儀三はそれで腰を上げた。一寸の猶予《ゆうよ》も与えないといった物言いだった。

儀三は土間におりると、蕎麦をすすっている求馬に一瞥《いちべつ》をくれ、平然と引き上げて行ったのである。

女は、儀三が店から消えても、しばらくは動かなかった。

やがて、のろのろと土間に降りると、浮遊するような足どりで外に出て行った。

求馬もすぐに外に出たが、すでに一帯は夕闇に包まれていて、堀端にある店の軒行灯《のきあんどん》の淡い灯が、川面《かわも》に揺れていた。

女は橋を渡ったかと思ったが、橋の中ほどで佇《たたず》んで川を見下ろしたままじっとしている。

何人か女の後ろを過ぎて行ったが、人通りが絶えた時、女の体がぐらりと川に向かって揺れた。

「あぶない」

求馬は、走りよって抱き留めた。

「やめなさい」

思わず叱るように言った。女は我にかえると泣き崩れたのである。

「送っていこう」

ひとしきり泣いた女が、少し落ち着いた頃合を見て求馬は言った。

女は橋の東の村松町にある小間物屋の内儀だったのである。

間口が三間ほどのこぢんまりした店だったが、品物は店のどこにも見当たらない。

亡くなった夫の母親と二人で暮らしていたが、夫が元気な頃には店も年々に繁盛して、使用人も外回りを入れて二人いたらしい。

「夫の命を救いたい一心で、玄覚坊様にすがったのですが、祈禱料十両が二十両になり、五十両になり、夫が亡くなった時には、店には何も残っておりませんでした。この上にまだ五十両祈禱料が残っているなどと言われまして、母とどうやって暮らしてよいのか、途方にくれております」

小間物屋の内儀は泣き崩れた。

「奴等の手口はこうだ」

求馬は、灯火の側に座す一同を見渡した。

千鶴のことを案じて立ち寄った酔楽と五郎政、千鶴、そして弥次郎とお道もいる。

「あの儀三という男が、こまめに医者に通うお店者《たなもの》をつかまえて、通っている医者は藪だといいくるめ、今はやりの祈禱治療を行えば必ずよくなると勧めるのだそうだ。持病持ちとか難病の者は、たいがいそれで信用する。半信半疑の者には、試しに一度来てみればいいなどと誘うのだそうだ。一度祈禱屋敷に足を運べば、なぜか十人が十人、祈禱治療をする気になるというのだが、そうなったら、徐々に祈禱料と称して金を巻き上げていく、そういうことだ」

「でもおじさま、その祈禱師になぜ父が恨まれなければならなかったのでしょうか」

「うむ」

酔楽は酒焼けした赤い顔を求馬に向けた。老いたとはいえ、その目の色には精《せい》悍《かん》な光が宿っている。

「求馬、その祈禱師だが、名はなんと申した」

「玄覚坊です」

「顔は見たか」

「屋敷から取り巻きに囲まれて出てきたのを見ましたが、総髪で目が細く……」

求馬はちょっと考えて、

「一番印象に残ったのは唇でした」

「女のような赤い唇をしておったのか」

酔楽の目がぎらりと見開いた。

「そうです。紅を塗っているわけではないと思うのですが、男の唇にしては妙に赤かったですな」

「それだ」

酔楽が酒臭い息をばらまきながら叫んだ。

「おじさま、ご存じですか」

「守田威三郎《もりたいさぶろう》に違いない」

「守田、威三郎……」

「そうだ。お前の親父の弟子だった男だ」

「父の……」

「貧乏御家人の三男坊で口べらしのために親に懇願されてな、それでわしが東湖に頼んだ男だった。ところが、こいつ、生まれついての不勤勉、浮薄の性質でな、地道な医業には向かなかった。女と揉め事を起こしたばかりか、金銭上の不始末まであらわれて、いや、それが一度や二度ではなかったのだ。それでやむなく東湖は破門した」

酔楽は、苦虫を嚙み潰したような顔をしてみせると、話を継いだ。

「東湖が死ぬ少し前のことだったが、破門した威三郎に会ったと言っておったな。その時東湖は、威三郎がなんとか坊とかいうもっともらしい名を名乗り、医業と称して非道なたくらみで世間をたぶらかしているのを知り、かつての師として黙っておくことは出来ぬゆえ、厳しく面詰《めんきつ》してやったと……」

「おじさま、父はその人になんと申したのでしょう」

「さあ、そこまでは聞いておらぬ。おらぬが東湖なら、衆人の前でお前の面皮を剝ぐぞ……それぐらいのことは言ったであろうな」

「そういうことなら、威三郎は東湖先生が目障りだった筈だ。それで儀三をつかって弥次郎を嵌めたと……」

求馬が酔楽を見て言った。

「さよう。それにしても許せん奴だ」

「すまねえ、もとはといえば……ちくしょう」

黙って聞いていた弥次郎が立ち上がった。

「どこへ行くというのだ」

酔楽が低い声で諫《いさ》めるように言った。

「どこって……ちくしょう」

弥次郎は、ちくしょうを連発して、またそこに座った。

「うるさい、お前は黙っておれ」

酔楽は弥次郎を一喝すると、

「こうなったら東湖にかわって、二度と悪行が出来ぬよう成敗してやらねばならぬよ」

腕を組んで酔楽は言った。

五

「やあやあ、これは。おやや、菊池殿もお揃いで……」

亀之助が手下の岡っ引猫八を連れてやって来たのは、翌夕刻だった。

千鶴が亀之助に急使を出して、それで亀之助はやって来たのだが、喜んで飛んで来てみると求馬がいたことで、すかを食ったような顔をした。

いや、なにしろそこには、求馬だけではなくてお道も五郎政もいたのだから、なにごとかと思ったようだ。

「で、私になにか用でしたか」

同心然として座って聞いた。

「実は是非浦島様のお力を頂きたいと存じまして」

「私の」

「はい……」

千鶴はじっと見た。

「旦那、これはきっと旦那のお手柄に繋がりますぜ」

五郎政が横合いから、にやりとして口を挟んだ。

「ふむ」

ちんぴらが俺に何を言うかという顔をしたが、その空威張《からいば》りも、

「旦那、ぶってる場合じゃござんせんぜ。千鶴先生のお陰で、なんとか体面をた

もってきてるんですからね。なんでもやらせて頂きます、そう言わなくちゃ。旦那がその、お力になれるなんて、滅多にあることじゃぁあねえんですから」

猫八の言葉でふっ飛んだ。

「浦島様、他でもございません。父の事件のことが、その後いろいろとわかって参りまして」

千鶴は、その後の経過を順を追って話し、一連の頭目である守田威三郎の首根っこを押さえるために、是非にも浦島の力を貸して頂きたいと言ったのである。

「それで、弥次郎はどうしたのですか」

亀之助は不安な表情を見せた。

「弥次郎さんは、許嫁のお仲さんの家です。短慮なことをしないように見張ってもらっているのです」

「命に別条はないのですか」

「それはありません」

千鶴は首を横に振って否定した。

亀之助はどうやら、自分が頼まれる役目は、弥次郎のような危険な目に遭うのではないかと案じているらしい。

「千鶴先生、早い話が、うちの旦那は何をすればよいのでございやすか」

猫八が言った。

「祈禱屋敷に侵入してほしいのです」

「えっ、私がですか。菊池殿でなくこの私が……」

浦島はすっとんきょうな声を上げた。

「求馬様は相手に顔を知られている恐れがあります」

「……」

「浦島様、浦島様はお道ちゃんの実家の、伊勢屋さんの跡取り息子、つまり、お道ちゃんのお兄さんとして行っていただきたいのです」

「お道ちゃんの、兄……」

亀之助は、目をまんまるくして、お道を見た。

お道の実家は日本橋にある呉服問屋『伊勢屋』であった。

伊勢屋は押しも押されもせぬ大店のひとつであり、お道はそのお店の大切な次女だった。

実家にいれば、外出するのにも乳母に女中に丁稚《でっち》までも従えて歩くほどのお嬢様である。

ところがお道は、どこでその志を持ったのか医者になりたいと言い出した。

父親も母親も、世間知らずのきまぐれで言っているのだとタカをくって、以前から往診を頼んでいた千鶴に娘を頼んだのだが、お道は千鶴に感化されて、心底医者を目指しているという事情であった。

千鶴は、そのお道の実家の母を気遣う息子として、亀之助に祈禱屋敷に探索に行ってほしいというのであった。

「しかし、バレませんか。私が大店の若旦那に見えるでしょうか」

まだ亀之助は不安な顔をする。

するとすかさず猫八が言った。

「旦那、余計なことをしゃべらなきゃ大丈夫ですって。自信を持って下さいよ。のんびりしたとこは大店の若旦那そのものだ」

「そうか、私が大店の若旦那ねぇ」

まんざらでもない顔である。

横合いからお道が、くすくす笑って言った。

「浦島様、実家に話はしてあります。私の母はうたと申しますが、以前から腰痛で千鶴先生に診て頂いているのです。ところが先日、どうやら玄覚坊その人だと思うのですが、お店にやってきまして、この家の御新造さんの病は祈禱で治る、たちどころに治るなどと言い、一度祈禱屋敷を覗くようにと店の者に伝えて帰って行ったというのです。もちろん母は、そのようなところに行くつもりはございませんが、これを利用すれば侵入できるのではないかと求馬様がおっしゃって」

「菊池殿が……」

亀之助は首をまわして求馬を見た。求馬から出た話だというのが少し気にくわないらしい。だが、

「旦那」

猫八が、促すように亀之助の袖を引いた。

「いや、けっして危険な目にあわせるようなことはない。俺も千鶴殿も屋敷の外で張り込んでおるからして、何かあれば飛び出してくれればいい」

求馬は、力強く頷いてみせた。

「旦那、あっしも番頭か手代のなりをして、ついて行きますぜ」

猫八も言った。

「承知した。ところで伊勢屋の跡取りの名はなんというのだ」

「兄の名は千太郎《せんたろう》です」

「千太郎だな、よし」

亀之助は気合いを入れると、拳をつくってすっくと立った。

「ほう、そなたが伊勢屋のご子息か」

玄覚坊こと守田威三郎は、護摩壇《ごまだん》の上から赤い唇を動かして千太郎こと亀之助に聞いてきた。

唇は女のように赤いが、その目は細く冷たい光を放っていた。髪は総髪、虚無僧《こむそう》のような白い小袖を着て袈裟を掛けている。

「ここにいる天心坊の話では、母御は腰痛になやまされていると聞く。そうでござるな」

勿体《もったい》ぶって言う。

天心坊とは、儀三のことであった。

祈禱がある時には、儀三は急遽《きゅうきょ》玄覚坊の弟子の姿であらわれて、客が逃げ出さないように見張りながら薬を飲ませ、そして客が前後不覚に陥ったところで、祈禱料を書いた証文に拇印《ぼいん》を押させるのだという。

これは求馬が、小間物屋の未亡人から聞き出していた一味の客を取り込む手法だった。

亀之助は千鶴から厳しく、けっして、何も口にしてはならないと言われている。

口をつけたふりをして、祈禱料の証文を手に入れることが、一番の狙いだと言われていた。

心配していた町人姿も、亀之助は自分でもびっくりする程似合っていると思うのである。

いいところのご子息さんが、自分にはぴったりだと……。

そう思うと、この芝居にも自信がついて、側にぴたりとついてきた番頭役の猫八の心配をよそに、自分だって予想以上に役に立つのだということを、千鶴に証明してやりたいという気持ちが、突然わいた。

亀之助は、商人らしく、腰を深く折って、考えていた台詞《せりふ》を言った。

「玄覚坊様、おっかさんはずいぶん前から腰痛で苦しんでおりました。そこへ先日御坊がお訪ね下さって、こちらで御祈禱をお願いし、特別のお薬を頂けば、たちどころに治ると……それで私がおっかさんのかわりに、御祈禱とはどんなものかと存じまして参ったのでございます」

「いや、ごもっとも……本日はお試しいただいて、それでよろしければ、母御をこれへお連れなされ」

「ありがとうございます」

玄覚坊はにやりと笑うと祭壇に向き直り、大きな数珠《じゅず》をじゃらじゃら鳴らして、亀之助などは理解しがたい呪文を唱えた。

どれほどたった頃だろうか、部屋にいい匂いが充満してきた。

「旦那……」

番頭の猫八が、注意を促すように、小声で言った。

すると、天心坊がギヤマンの碗に入った飲み物を持ってきた。

「どうぞ……」

ささげ持って、じっと見る。

亀之助は迷った。

――じっと見られていては、飲んだふりして袂に流し込むこともできないではないか……そうか、口に含んで、相手が視線を外した時に袂に吐けばいい。

亀之助は口に含んだ。

だが、天心坊はまだ見ている。

その時、

「なーだら、だーだら!!」

突然玄覚坊が天をもつんざくような声を出した。

ごっくん……。

亀之助は、うっかりして、飲んでしまったのである。

「若旦那」

番頭の猫八が声をかけてくれたが、瞬く間に頭の中は朦朧《もうろう》としてきたのである。

すばやく天心坊が懐から証文を出す。

「本日の祈禱料と、いま飲んだお薬礼金あわせて三十両の証文です。拇印を……」

「申し訳ございません。門の外に手代を待たせておりまして、その者にお礼のお金を持たせてあります。お手数をおかけしますが、若旦那と一緒に表の方に……」

猫八は如才なく誘いをかけた。

「天心坊、そのように……」

玄覚坊が呪文を止めて天心坊に言った。

亀之助は天心坊と番頭に抱えられて、門の外に出た。

刹那《せつな》、ギョッとして天心坊は立ちすくんだ。

求馬と千鶴、そして五郎政に囲まれていたのであった。

「儀三、一緒に来てもらおうか」

求馬が言った。

六

「すみません、道を開けて下さい。通して下さい」

千鶴は大声で人垣を開けると、お道を促して小間物屋の店の中に入った。

「これは先生、ご足労頂きまして」

店の奥から暖簾を割って出てきたのは、定町廻りの新見彦四郎だった。

「千鶴殿、こちらだ」

その後ろから求馬が顔を覗かせた。

千鶴は店の上にあがると、そこから奥の座敷に入った。

「これは……」

求馬が栄橋で助けた未亡人と、亡くなった夫の母親とが重なるようにして死んでいた。

「傷はないが、どうやら毒を飲んだのではないかと……検分を」

彦四郎が言った。

千鶴は二人の遺体の側に膝をついた。

二人は泡をふいて死んでいた。

口元に鼻をよせると、異臭がする。

「何を飲んだかはわかりませんが、毒を飲んだのは間違いありませんね」

千鶴は太い溜め息をついた。

昨日のこと、祈禱屋敷に侵入した亀之助が飲まされた液体は、酒に浸した曼陀《まんだ》羅華《らげ》の汁ではないかと、特定はできないが、おおよその見当をつけていたところであった。

何も知らない人間に、麻酔の力のある薬を飲ませて、朦朧としたところで証文に印を押させるという卑劣な行為の証拠をにぎったところであった。

捕まえた儀三は、いま縛り上げて、五郎政が見張っていた。

これから守田威三郎をおびき出して、決着をつけようとしていたところであった。

祈禱屋敷で多額の治療費や祈禱料を払わされて、途方にくれていた未亡人が気になった求馬が、事件が解決すればお上も放ってはおかぬ筈、その日も近いゆえ生きる道を考えるように諭そうとして訪ねたところ、姑と嫁が重なり合うようにして亡くなっているのを実見したのであった。

番屋に届けると、まもなく彦四郎がやって来た。

それで今度は、死因の見当をつけるために、千鶴を呼んだということらしい。

手を合わせて立ち上がると、求馬が千鶴に一通の手紙を出した。

「未亡人から俺宛ての手紙だ」

「わたくしが見てよろしいのですか」

「ただの手紙ではない。玄覚坊たちが必ず罪となる動かぬ証拠だ。読んでみてくれ」

千鶴は頷いて手紙をとった。

読んで行くうちに、顔の強張るのがわかった。

未亡人は、祈禱屋敷でのいきさつはむろんのことだが、祈禱料が払えなくなった夫に渡された薬にかねてから不信をもっていた。

夫が突然亡くなったことで、その、残っていた薬を試しに飲んでみることにした。

おそらく毒ではないかと思うと恐怖に震えた。

だが、自分が死ねば残された姑は一人で路頭に迷う。それもあって、いざとなると踏み切れなかった。すると姑が、

「二人で飲みましょう」と思いがけないことを言った。

「息子の死の原因をあばくことが出来るのなら、私には思い残すことはありません」

それでこうして二人で飲むことに致しました、と手紙には書いてあったのである。

何も起こらねばよいが、もし自分たちが死んでいたならば、この手紙に添えてある薬をお上に証拠として差し出して頂きたい、そう書いてあったのである。

千鶴は手紙に添えられていた紙切れに包まれたその薬を見た。

猛毒の烏頭《うず》だった。

「毒ですね。こんなものを飲んだら、ひとたまりもありません。なんてことをしたのでしょう」

千鶴は痛ましい眼で物言わぬ二人を見下ろした。

「この二人の仲は付近では知らぬ者がおらぬほど悪かったというのですから」

彦四郎が言った。

「それは本当ですか」

「はい。千鶴先生がここに来るまで、こちらの菊池殿と町内の者たちに聞いてみたのですが、そういうことでした」

「……」

「二人の心ははじめて通じ合ったということでしょうか……」

「……」

千鶴は言葉に窮していた。

所帯を持ったことのない千鶴には、夫を挟んでその存在を主張しあい、それが嫁姑の確執になっていく過程は、わかりようもないのだが、ただひとつ言えることは、二人はこういうかたちで最後にその確執を乗り越えたのではないだろうか、そんな気がした。

ただそれが命と引きかえにして成ったと思えば哀しかった。

二人を繋ぐ大切な人がこの世から消えた時、もはや二人には、一緒に暮らすという選択肢はなくなっていたのかもしれない。

せめて店でも残っているのならまだしも、禿鷹《はげたか》にむしり取られたような有様では、生きる手立てもない。

千鶴は、二人の遺体を改めて眺めながら、ふつふつと怒りが湧いて来るのを知った。

千鶴は、軽い食事を済ませると仏間に入った。

父母の位牌に手を合わせると五郎政を呼び、儀三の見張りをぬかりなくやるように言いつけ、そして小太刀を差して家を出た。

ひんやりとした夜だった。

雨は先程まで降っていたが、今は止み、雨に濡れた黒々とした路筋は、千鶴の心を落ち着かせてくれていた。

雨の後は往来する人もまばらである。

静かに歩を進めていると、これから父を死に追いやった悪人と対決するために赴《おもむ》いているところなどとは思えない。そんな静かな夜だった。

だが、両国橋に差し掛かると、両岸から打ち上げの花火が上がり、見物の船も出ていて、千鶴は眩《まぶ》しい光と喧騒に見舞われた。

橋を渡り切ったところで、求馬が待っていてくれた。

千鶴の姿を認めると、無言で頷き、肩を並べた。

二人は尾上町から元町を抜け、相生町《あいおいちょう》に入ると、回向院の裏手にある祈禱屋敷に向かった。

屋敷の表に到着すると千鶴は大きく息を吐き、前に出た。

門の戸を叩くと、提灯を持った男が出て来た。

「桂東湖の娘、千鶴です。玄覚坊さんに会いたくて参りました。そうお伝え下さい」

男は頷くと、提灯とともに中に消えた。

再び薄闇が戻った時、

「千鶴殿」

求馬が声を掛けてきた。

千鶴が振り返ると、

「頼みがある」

静かな声だが薄闇の中だけに、いつになく求馬の声は真剣な感じがした。

「危ない真似は、これっきりにして貰いたい」

「……」

「千鶴殿は医者だ。しかも女子《おなご》だ」

求馬は、怒ったように言っている。千鶴にはそう聞こえた。

「求馬様……」

千鶴が返事に困っていると、

「お父上が草葉の陰で案じている」

畳み掛けるように言った。

「いや俺も……俺も千鶴殿にこんなことはしてほしくないのだ」

「……」

最後の言葉は、上ずっているような声音だった。その言葉の持つ意味の深さを分からぬ千鶴ではない。千鶴の胸に、今まで感じたことのない動揺が走り抜けた時、

「入れ」

戸が開いて、男は千鶴と求馬を招き入れた。

二人はその男に導かれるままに、玄関を入って小座敷に腰を下ろした。

二人は無言だった。息詰まるような切ないものが二人の間にはあった。その緊張が解けたのは、どこの部屋からかはわからないが、女の嬌声と三味線の音が聞こえてきたからである。

どうやら女たちを引き入れて、宴《えん》でも張っているのかと思われたが、突然それらの音がぴたりと止んだ。

まもなく、激しく踏み締める足音がして、障子が開いた。

入ってきたのは、着流しの総髪の男だった。白い着物の虚無僧のなりではなく、武士の姿だった。

男は目が細く、唇が赤かった。

「守田威三郎様ですね」

千鶴が先に口火を切った。

「ふん、お前が東湖の娘か、何をしにきた」

威三郎は、警戒した顔で座った。その警戒は、明らかに側にいる求馬へのものだった。

「何故、父を殺そうとしたのですか」

腹の底からこみあげてくる思いを押さえて咽喉から出てきたのはそんな紋切り

型のひとことだった。

「何のことだ。突然押しかけて来て、無礼ではないか」

　威三郎は鼻白んだ。目を合わせようとはしなかった。

「もう一度お聞きします。なぜ父を襲わせたのか、言いなさい」

「だから、何のことだ」

「しらばっくれても駄目です。五年前、わたくしは長崎に留学していて仔細は知らなかったのですが、あなたは、儀三を使って、当時妹を亡くして悲嘆にくれていた畳職人の弥次郎さんに近づかせ、その妹が亡くなったのは父の治療が悪かったからだなどと焚きつけた。そして、その恨みを晴らせと待ち伏せをさせて襲わせたのです。ところが町方の同心に見つかって弥次郎さんは捕まって島流しになりましたが、儀三は逃げ延びた。父は、その時の傷がもとで持病を悪化させて死んだのです」

「何を言うのかと思ったら、作り話もたいがいにしてくれんか。知らぬな俺は……東湖の娘だというから、会ってやろうとわざわざ招き入れてやったら、いらぬ妄想を……」

　威三郎は赤い唇で笑った。だがその目は冷たい光を放っていた。

「知らぬとは言わせませんよ。あなたは、自分の不徳を反省するどころか、それがもとで破門した父を逆恨みしたのではありませんか。しかも、父に厳しい言葉を浴びせられて、それで襲ったのです」

「父親が父親なら、娘も娘だな。うぬぼれも甚だしい」

「お黙りなさい。儀三は全てを吐きました。儀三はいま、私の手の内にあります」

「何……」

赤い唇が一瞬歪んだかに見えたが、

「昔のことをほじくりだして、俺が何かをしたという確かな証拠があるのか……儀三は確かに俺の知り合いだが、あ奴は虚言の癖《へき》がある。全て言いがかりだ。これが俺の返事だ」

「あなたという人は……」

千鶴は啞然として見返した。

「ついでに言っておこう。二度とこの屋敷に近づかないでくれ。今度足を踏み入れたら、その美しい顔を二度と人の前に出せぬようにしてやる。いいか、昔の親父殿の弟子だと思って甘くみるな」

威三郎は、座を蹴るようにして立った。

だが踵《きびす》を返そうとしたその体は、硬直したように止まった。

「世迷《よま》いごとはそれだけかな」

求馬の鉄扇が、威三郎の足の甲を押さえていた。

求馬は低い声で続けた。

「お前の悪行は昔の話ではない。この俺がすべて調べさせてもらった」

「な、何を言うか……」

「医術を齧《かじ》ったその腕で、いかがわしい薬をつかって人をたぶらかし、法外な祈禱料を巻き上げている。お前のために死んだ者たちがあの世でお前を待っているぞ」

「だ、誰だお前は」

求馬は立ち上がって威三郎の前に立った。

「一緒に来てもらおうか。言いたいことがあるのなら、奉行所で言うんだな」

「だ、誰か！」

威三郎は赤い唇で絶叫した。

どたどたと慌ただしい足音がしたと思ったら、乱暴に戸が開いて、浪人とその後ろに数人のならず者たちが顔を出した。

「お前たちか、いつぞや弥次郎を襲った者たちだな」

求馬がにやりと笑った。

刹那、

「殺せ」

威三郎が奇声を上げると、浪人がすらりと刀を抜いた。

「千鶴殿……」

求馬は鉄扇を構えて、千鶴をかばって廊下に出、庭に下りた。

同時に浪人の刃が、廊下から飛んで来た。

一閃、二閃、闇に浪人の空振りする刃が光ったが、踏み込んで打ち下ろした求馬の鉄扇が、浪人の小手を打った。

ぽろり……落とした剣を拾おうとした浪人の頬を、右から左から、求馬の鉄扇が、音を立てて打った。

「ううっ…」

両頬を血だらけにした浪人が、蹲って睨んでいる。

「求馬様」

千鶴が小太刀に手を置きながら促した。

「うむ」

二人は門に向かって小走りした。

「追え、逃がすな」

震える威三郎の声が闇に流れた。

だが、それを待っていたかのように、塀の上に『御用』の提灯が次々と立った。

「ややっ」

威三郎は挙措《きょそ》を失って、立ち尽くした。

「南町奉行所である。守田威三郎、神妙に縛《ばく》につけ」

捕り方を従えた新見彦四郎が入って来た。

その後ろに、胸を張って同道しているのは、あの、浦島亀之助であった。

「捕らえろ」

亀之助は颯爽《さっそう》として、十手の赤い房を振り上げた。

これであの弥次郎さんも、お仲さんとやり直せる。

威三郎たちに挑みかかる頼もしい提灯の灯を追いながら、千鶴は感慨を深くしていた。

「お父様……終わりました」

千鶴は父の墓前に跪《ひざまず》いて手を合わせた。

ひとっこ一人いない墓地で、千鶴は父と向き合っている。

千鶴にとって父の死を思い出すことは、なにより辛いことだった。

父の死の悲しみから逃れるように医術に専念してきたが、ふとした時に思い出す忘れられない光景がある。

それは千鶴が十歳の折の冬の日のことだった。

父はその日、医学館の講義がなくて往診に出かけていた。

お竹もどこかに出かけていて、家には千鶴が一人だった。

気がつくと、庭に雪が舞い降りていた。

初めのうちは、縁側でその雪の積もるのを眺めていたが、ふっとなぜだか父に無性に会いたくなった。

おそらく母が元気な頃に、庭に積もった雪をまるめて、母と笑いあったことを思い出したからだと思うが、一人で縁側にいる寂しさに耐えられなくなったのである。

千鶴は表に飛び出した。

父の往診は下谷のお武家のお屋敷だと聞いていた。

新し橋の上で待っていれば、父はかならずそこを通って帰って来る。

千鶴は新し橋めがけて走った。

橋の上に立つと、いっときほっとしたのだが、綿入れのはんてんも着ず、傘も持たないで走ってきた千鶴は、次第に寒さに襲われて、息を両掌に吐きながら足を踏み続けた。

だが、帰って来る筈の父の姿は、夕闇に雪の白さが一層白く輝くようになってもなお、見えなかったのである。

いつの間にか人の行き来も絶えていた。

雪はまたたく間に千鶴の足首にまで達していた。

「お父様……」

心細くなった千鶴は、引き返そうとして足を滑らせた。

雪の中に転倒し、全身雪だらけになった千鶴は心細さの余り泣き出した。

その時である。

「千鶴……」

父が橋袂に現れた。

「どうしたのだ、こんなところで」

父は駆け寄ってきて、千鶴の着物についた雪を払い、自分の羽織を着せかけ、両手を引き寄せると自分の掌の中に包んで、千鶴の顔を見た。

「そうか……迎えに来てくれたのか」

優しい声で言った。

「うん」

千鶴は小さく、甘えた声で言い、頷いた。

「一人で寂しかったのだな」

千鶴はまた、うんと頷いた。

「千鶴……」

父はほんのいっとき、哀しげな眼で見詰めていたが、千鶴にくるりと背を向けると、すいと引き寄せておんぶした。

「しっかりつかまれ」

肩越しに千鶴に言うと、父はぐいぐいと歩いて行く。

父の肌の暖かみに、

――おとうさま……。

千鶴が父の背にしがみついた時、

「雪だるまでもつくるか」

父が言った。

だがその時、千鶴は知ったのである。

――泣いている……お父様が泣いている……。

千鶴は父が踏む雪の音を聞きながら、じっと幸せを噛み締めていたのである。

――あの思い出があれば頑張れます。

千鶴はもう一度合わせた手に力を込めた。

ゆっくりと立ち上がった時、千鶴は北の空に渡り鳥の一団を見た。

父が亡くなったあの頃も、しきりに渡り鳥が黒い点と線をつくって空に現れたのを覚えている。

千鶴は、鳥の渡るのを、視界から消えていくまで見続けていた。

この作品は双葉文庫のために書き下ろされました。

双葉文庫

ふ-14-02

藍染袴《あいぞめばかま》お匙帖《さじちよう》

雁渡《かりわた》し

2005年8月20日　第1刷発行
2023年9月 1日　第24刷発行

【著者】
藤原緋沙子《ふじわらひさこ》

【発行者】
箕浦克史
【発行所】
株式会社双葉社
〒162-8540 東京都新宿区東五軒町3番28号
［電話］03-5261-4818(営業部)　03-5261-4833(編集部)
www.futabasha.co.jp(双葉社の書籍・コミックが買えます)
【印刷所】
株式会社亨有堂印刷所
【製本所】
株式会社若林製本工場
【カバー印刷】
株式会社久栄社

【フォーマット・デザイン】
日下潤一

ISBN978-4-575-66215-3 C0193
Printed in Japan

井川香四郎
洗い屋十兵衛　江戸日和
逃がして候
長編時代小説
〈書き下ろし〉
やむにやまれぬ事情を抱えたあなたの人生、洗い直します——素浪人、月丸十兵衛の人情闇裁き。書き下ろし連作時代小説シリーズ第一弾。

井川香四郎
洗い屋十兵衛　江戸日和
恋しのぶ
長編時代小説
〈書き下ろし〉
辛い過去を消したい男と女にも、明日を生きる道は必ずある。我が子への想いを胸に秘めて島抜けした男の覚悟と哀切。シリーズ第二弾。

片桐京介
信州上田藩足軽物語
忘れ花
幕末時代小説
短編集
「武士ではあるが侍ではない」信州上田藩の足軽の悲哀と尊厳を、叙情溢れる筆致で描いた傑作短編時代小説。

佐伯泰英
居眠り磐音《いわね》　江戸双紙
残花ノ庭
長編時代小説
〈書き下ろし〉
水温む江戸の春、日暮里界隈に横行する美人局騒ぎで、坂崎磐音は同心木下一郎太を手助けすることに。大好評痛快時代小説シリーズ第十三弾。

坂岡真
照れ降れ長屋風聞帖
大江戸人情小太刀
長編時代小説
〈書き下ろし〉
江戸堀江町、通称「照れ降れ町」の長屋に住む浪人、浅間三左衛門。疾風一閃、富田流小太刀の妙技が江戸の人の情けを救う。

坂岡真
照れ降れ長屋風聞帖
残情十日の菊
長編時代小説
〈書き下ろし〉
浅間三左衛門と同じ長屋に住む下駄職人の娘に舞い込んだ縁談の裏に、高利貸しの企みがあった。富田流小太刀で救う人情江戸模様。

坂岡真
照れ降れ長屋風聞帖
遠雷雨燕《えんらいあまつばめ》
長編時代小説
〈書き下ろし〉
孝行者に奉行所から贈られる「青緡五貫文」。そのために遊女にされた女が心中を図る。裏には町役の企みが。三左衛門の小太刀が悪を断つ。

鈴木英治
口入屋用心棒
逃げ水の坂
長編時代小説〈書き下ろし〉
仔細あって木刀しか遣わない浪人、湯瀬直之進は、江戸小日向の口入屋・米田屋光右衛門の用心棒として雇われる。

高橋三千綱
右京之介助太刀始末
お江戸は爽快
晴朗長編時代小説
颯爽たる容姿に青空の如き笑顔。何処からともなく現れた若侍が、思わぬ奇策で悪を懲らしめる。痛快無比の傑作時代活劇見参!!

高橋三千綱
右京之介助太刀始末
お江戸の若様
晴朗長編時代小説
五年ぶりに江戸に戻った右京之介、放浪先での事件が発端で越前北浜藩の抜け荷に絡む事件に巻き込まれる。飄々とした若様の奇策とは?!

千野隆司
主税助《ちからのすけ》捕物暦
天狗斬り
長編時代小説〈書き下ろし〉
島送りのため罪人を乗せた唐丸駕籠が何者かに襲われ、捕縛に向かう主税助の前に、本所の大天狗と怖れられる浪人の姿が……。

築山桂
甲次郎浪華始末
蔵屋敷の遣い
長編時代小説〈書き下ろし〉
呉服商若狭屋甲次郎の心意気。甲次郎を慕う二人の町娘。嘉永年間の大坂を舞台に、気鋭の大型新人が描く武士と商人の策謀。

築山桂
甲次郎浪華始末
残照の渡し
長編時代小説〈書き下ろし〉
大坂城代交替でなにかと騒がしい折り、若狭屋の跡取り、甲次郎の道場仲間・豊次が何者かに殺された。好評シリーズ第二弾。

築山桂
甲次郎浪華始末
雨宿り恋情《こいなさけ》
長編時代小説〈書き下ろし〉
同心殺しを追う丹羽祥吾に手を貸す甲次郎。事件は若狭屋の信乃まで巻き込んでしまう。好評シリーズ第三弾。